Collana
SYNCHRONIC

Micronovel (romanzi brevi) dell'insolito

Uno specchio infranto, una nuova immagine
della nostra realtà in frammenti di grande suggestione.

Pierluigi Tombetti

SYNCHRONICITY
Volo 9941

Questa è un'opera di fantasia. Nomi, personaggi, istituzioni, luoghi ed episodi sono parte della fantasia dell'autore. Qualunque somiglianza con persone reali o immaginarie o elementi menzionati nel testo è da ritenersi del tutto casuale.

Che cos'è reale?

Che cosa non lo è?

Abbiamo sempre pensato che la realtà fosse ciò che vediamo, tocchiamo, che il nostro mondo e le nostre esistenze fossero tutto ciò che esiste, completamente assorbiti da lavoro, attività quotidiane, familiari e mille altre incombenze che riempiono le nostre giornate.

Ma le domande più importanti tornano sempre a bussare alla nostra mente e, come vedremo in questa storia, la realtà a volte assume toni molto diversi, e in taluni casi inquietanti.

Mettetevi comodi e preparatevi al viaggio più insolito che possiate immaginare: lo faremo insieme, in aereo, sulla rotta Londra - New York.

Il volo è il 9941, e la notte è la compagna ideale per varcare la soglia della realtà, infrangere lo specchio e dare uno sguardo a ciò che c'è veramente là fuori.

Ciò che state per leggere potrebbe capitare ad ognuno di voi, forse questa notte stessa...,

Buona lettura.

Cap. 1
IL VIAGGIO

La sera era una delle solite sere, ultimamente a Londra una pioggia fine e leggera scendeva quasi ogni giorno, miliardi di gocce che stillavano con dolcezza, quasi con lentezza dal cielo plumbeo da cui ogni tanto emergeva una pennellata arancio da un sole morente. Parevano rimanere in sospensione, come attendendo qualcosa, una nebbiolina di uggioso, umido lividore sulla città, pallido come il viso di Jane Milton Keys che si rifletteva sulla grande vetrata della VIP lounge di Heathrow.

Ammirava il grande Boeing 747 British Airways su cui sarebbe salita di lì a poco, e osservava lo staff, immerso nelle procedure che anticipavano l'imbarco: li seguiva muoversi veloci, professionali, un po' come tutti in quella parte di mondo.

Jane abbassò gli occhi impreziositi da un trucco leggero chiedendosi quale fosse la sua porzione di universo: distratta dalle voci spostò lo sguardo sulla gente che passava oltre le vetrate dell'area VIP portando con sé il suo interesse, domande dettate da una curiosità insaziabile legate alla sua naturale predisposizione verso orizzonti differenti, mondi nuovi e nuove realtà. In fondo era anche questo che le rendeva così piacevole il suo lavoro di scrittrice, tentava di capire gli altri, si chiedeva quali storie quelle persone portassero con sé, sigillate in quella parte segreta di cuore: vide la famiglia con due bimbi, la mamma era innervosita, mentre uno dei bambini piangeva, osservò un uomo anziano conversare piacevolmente con una ragazza, forse sua figlia, che gli sorrideva, un gruppo di giovani atleti spagnoli in tuta blu e bianca che scherzavano animatamente, due innamorati che non volevano lasciarsi. Sentì il cuore nella stretta di una emozione che non desiderava provare e si volse di lato, seguendo il fiume di persone che si dirigeva verso i rispettivi gate.

Diede uno sguardo al suo orologio, appositamente disegnato da Cartier Paris per lei, un braccialetto rosso a più spire da cui emergeva una piccola cassa d'oro con quadrante, le cui ore erano costituite da rubini. Il ricordo che le suggerì le strappò un sorriso: qualche mese prima Lorna Brooks, la sua agente americana, le aveva suggerito il negozio al n° 23 di Place Vendôme, a Parigi, secondo lei il migliore, e in effetti ne era rimasta soddisfatta: erano insieme quel giorno per la promozione del suo ultimo thriller nella capitale francese e avevano passato il pomeriggio a fare shopping, una delle giornate più piacevoli degli ultimi anni.

Jane ascoltò la voce gentile dell'addetta annunciare l'imbarco del suo volo e si diresse al gate: leggendo il numero sul grande monitor ricordò con una certa emozione lo stesso numero sul video del suo pc, tre giorni prima.

Alle 09:50 di lunedì mattina Jane osservava sorpresa il biglietto relativo al volo

BA9941 Londra Heathrow - New York JFK

accompagnato da uno stringato messaggio, proprio dello stile da agente di Lorna, asciutto ed essenziale, che le annunciava di essere stata scelta all'ultimo momento dalla giuria del Premio Pulitzer come finalista dell'edizione di quell'anno. Ne era rimasta colpita, ma in fondo i suoi libri stavano andando molto bene negli USA, e le vendite degli ultimi anni erano in forte ascesa in quattro continenti: sia il Guardian che il Times la giudicavano una delle migliori scrittrici inglesi degli ultimi cinquant'anni.

E ora era lì, sulla porta d'ingresso del grande 747, e stava per partire: allungò la carta d'imbarco alla hostess e fu accompagnata al suo posto, seguita da altri passeggeri, i più fortunati, con il biglietto First Class. Si accomodò nell'area a lei assegnata e guardandosi intorno si stupì della privacy di cui avrebbe goduto per almeno otto ore.

«Buona sera, signora» le sorrise una donna da tempo ormai entrata nella terza età; era palesemente sovrappeso e avanzava con fatica appoggiandosi a un bastone. Si accomodò su un sedile poco distante.

«Lei è americana?» domandò.

«No, sono inglese, di Brighton, ma vivo a Londra da tanto di quel tempo che mi sembra di essere nata qui. Mi chiamo Jane Milton Keys. Lei invece è americana...» continuò con un sorriso.

«Sì, mi chiamo Rhonda Williams, ho una casa nel New Jersey che la mia famiglia possiede da generazioni. Ma... mi dica, lei è questa Jane?» rispose l'anziana donna con un sorriso smagliante mostrandole l'ultimo libro che aveva acquistato in aeroporto.

Jane assunse una buffa espressione di imbarazzo: sebbene le facesse piacere parlare con i fan le risultava sempre un po' difficile interagire con le persone a motivo della sua personalità schiva e introversa.

«*Sembrerebbe di sì...*»

13

Il viso della donna si illuminò: «Oh, mio Dio! Quando lo dirò ai miei due nipotini non ci crederanno! Sono adolescenti ma entrambi hanno preso dalla madre e dalla nonna, leggono tantissimo, anche i suoi libri. E… mi dica, la vita degli scrittori è davvero così avventurosa come si dice?»

Il suo sguardo era eloquente e sottolineava questa affermazione con una curiosa espressione, con il viso che continuava ad annuirc su e giù.

Jane non riuscì a trattenere una risata sincera, da cui si riprese subito. Nonostante i suoi cinquant'anni le avessero lasciato gli inconfondibili segni agli angoli degli occhi era ancora una donna molto bella, e i folti capelli rossi ne sottolineavano i tratti. La sua figura esile era valorizzata da un abito elegante e dagli orecchini e anelli che portava di solito in viaggio: teneva al suo aspetto, ma più per una insicurezza di fondo che altro.

«Mi scusi, signora Williams, nel mio caso le avventure rimangono principalmente qui» rispose indicando con l'indice il cervello. «Io sono una persona molto normale. E ho una normalissima vita, nulla di così entusiasmante.»

L'anziana signora percepì la sincerità della sua interlocutrice e l'innata umiltà gliela rese ancora più simpatica.

«Mia cara, lei è molto meglio di quanto pensa; ed è anche una bellissima donna» rispose confrontando la fotografia sul risguardo della copertina. Poi le sorrise di nuovo: «*Ma dal vivo è meglio che in fotografia! Ha gli occhi di un azzurro ancora più intenso.*»

Jane rise di nuovo e percepì una immediata attrazione

verso la sua interlocutrice. C'era qualcosa in lei… qualcosa di familiare e piacevole, come se l'avesse sempre conosciuta.

«Suo marito è un uomo fortunato.» Rhonda osservò l'espressione della scrittrice mutare leggermente e perdere la sua radiosità. Le ci volle un attimo per intuire la verità: «Oh, mi spiace, non volevo essere importuna.»

«No… è che… ci siamo separati qualche mese fa, e… beh, nulla di cui valga la pena parlare.»

Rhonda, sorpresa dal suo stesso imbarazzo, rispose solo: *«Beh, allora è stato comunque un uomo fortunato.* Mi scusi, mi spiace molto.»

Jane cambiò di colpo espressione e si rivestì del suo miglior sorriso: «Non è nulla, signora Williams, ma mi parli di lei e della sua famiglia.» Provava una simpatia a pelle per quella signora anziana e conversare con lei le faceva bene: unita all'emozione del viaggio notturno, una cosa che trovava sempre di grande ispirazione, le rendeva piacevolissimo quel momento.

La donna si accomodò sul sedile che la conteneva a malapena, e cominciò a raccontare delle origini inglesi dei suoi avi emigrati nelle colonie nel XVIII secolo, insieme a tanti altri. Umili origini, nulla di che, ma nel Nuovo Mondo i Williams si erano fatti onore e avevano creato una catena di alberghi che si era estesa a tutti gli Stati Uniti. Ne parlava con soddisfazione, lei stessa aveva gestito il Williams Hotel a New York per trent'anni. Ma Rhonda, da accanita lettrice, era desiderosa di sapere tutto su come si realizza un libro: aveva in gioventù cominciato a scrivere una storia d'amore, ma dopo poche pagine si era fermata, come accadeva a tanti, ed era rimasta lì, in un cassetto, in attesa di un momento di ispirazione per continuare la vicenda dei suoi protagonisti. Si rese conto presto che essere una appassionata lettrice è molto, molto diverso dall'essere una brava scrittrice.

Jane la ascoltò e curiosamente trovò molti aspetti comuni: infatti, come rispose a Rhonda, la sua famiglia aveva origini polacche e nel XVIII secolo si era spostata a Bristol, e una sua antenata si era sposata con un imprenditore locale acquisendone il cognome. Inoltre Jane da giovane aveva lavorato per molti anni gestendo un albergo, un'esperienza molto formativa, disse, perché le permetteva di osservare i vari modelli umani interagire come se fosse un laboratorio antropologico e, in vari casi – lo disse ridendo – psichiatrico. Quando aveva qualche minuto da sola di fronte al computer della reception scriveva le idee che tali osservazioni le suscitavano e piano piano cominciò a elaborarle: uscì così il primo libro, un po' ingenuo, ma le insegnò molto, le procurò esperienza e tecnica.

Negli anni aveva anche seguito un corso di scrittura creativa, ma non ne aveva mai avuto realmente bisogno, possedeva una dote innata che si raffinava autonomamente scrivendo. Spiegò a Rhonda come trovava le idee per le sue storie, nulla di così difficile, semplicemente osservava ciò che la circondava con altri occhi, curiosi, indagatori, come se volesse creare una nuova realtà da quella presente. Poi illustrò qualche tecnica di sviluppo di una trama dallo spunto iniziale. E aggiunse che anche lei leggeva molto.

Parlarono a lungo, e quasi non si accorsero delle hostess che controllavano i vani dei bagagli a mano chiudendoli e dei video che spiegavano le procedure di sicurezza; pochi attimi dopo le 400 tonnellate del gigante metallico si staccarono dalla pista umida di Heathrow e si sollevarono con una grazia inaspettata inserendosi in una nuova rotta verso l'Atlantico con un'ampia virata.

Jane trovava la conversazione piacevole, e quella anziana signora così simpatica e gentile, e così stranamente familiare, che passò almeno mezz'ora prima che facessero una pausa. Rhonda si scusò e si alzò con difficoltà per recarsi in bagno. Jane la seguì con lo sguardo, poi aprì il suo notebook e si mise a controllare un vecchio file rimasto da anni nell'hard disk. Un'idea molto interessante, una storia che non riusciva però a portare avanti perché sempre presa da mille altri progetti letterari: però le piaceva moltissimo il *concept* e ogni volta che viaggiava ci pensava un po' su ma poi, per un motivo o per l'altro, non riusciva a continuarla. Ora però, considerata la lunghezza del volo, aveva tutto il tempo e decise di rileggere quelle prime dieci pagine.

Cap. 2
INCUBO

Volo 9941 da Londra Heathrow a New York
18 aprile
Ore 20:02

Riaprì il file e con piacere ritrovò la familiare atmosfera di una storia scritta in un momento carico di energia positiva e creativa: era un thriller poliziesco a forti tinte psicologiche, un po' troppo forse; nel tempo aveva limato le punte più acute della sua tecnica espressiva, stemperandole anche sulla base dei consigli dei suoi agenti. Aveva lasciato andare quella parte così drammatica, cupa, come acqua tra le dita, come un fumo denso che appesantiva il suo modo di scrivere. Però l'atmosfera del libro le piaceva, era davvero intrigante, come le storie della serie Twilight Zone che guardava sempre da bambina, dove non sai mai cosa succederà, una sua personale incursione nel territorio del maestro Stephen King. Comunque, questo suo sfumare i toni più oscuri, come un disegno al carboncino, l'aveva aiutata a migliorare la sua indole, anzi si era evidenziato un vero e proprio feedback: man mano che migliorava e positivizzava la sua tecnica espressiva arricchiva anche la sua personalità e viceversa. Era una cosa che aveva incuriosito anche il suo analista, che trovava questo fenomeno molto interessante e comunque utile.

Cominciò a scorrere le pagine e l'inizio catturò immediatamente la sua attenzione: non lo ricordava bene, erano passati un paio d'anni dall'ultima volta che vi aveva messo mano, e scorse le pagine avidamente, percependole come se fosse la prima volta che le leggeva, come se fossero state scritte dal suo autore preferito.

Il protagonista era Darius Kirby, un manager quarantenne di successo di Washington, elegante, sportivo, pragmatico, single, la classica persona disposta a sacrificare ogni cosa per la carriera. Fresco di laurea in economia e commercio aveva investito i pochi risparmi puntando sulla tecnologia informatica e i primi risultati, solo poche settimane più tardi, gli diedero ragione: acquistava elementi e parti di PC in paesi asiatici e le rivendeva negli Stati Uniti dopo averle adattate e modificate secondo le necessità delle aziende locali. In pochi anni, grazie a intuizioni fortunate e amicizie influenti, Darius era divenuto milionario e godeva di una vita sociale di prim'ordine, spesso invitato a eventi mondani tra New York City e Washington.

Un socio in affari gli aveva parlato di una donna affascinante e misteriosa, Lana, proprietaria di una rivista di moda di New York, con cui gestiva alcuni aspetti della comunicazione e marketing: un giorno, mentre parlava con lei al telefono, il socio le aveva passato Darius per discutere di una nuova, interessante, collaborazione. Lui fu colpito dalla voce della donna, e dai suoi modi gentili e allo stesso tempo sicuri e ammiccanti; ne era rimasto attratto da subito, almeno da quando avevano cominciato a darsi del tu, circa trenta secondi dopo, per quanto strano potesse essere trovare affascinante una voce al telefono da 360 km di distanza.

Darius detestava qualunque tipo di legame affettivo permanente, evitava qualunque donna che desiderasse instaurare con lui un rapporto duraturo, lo si poteva definire un vero *bastardo* il cui unico scopo nella vita era fare denaro e acquisire potere, seguace della filosofia dell'usa e getta. Tuttavia quella breve conversazione a distanza lo aveva colpito come una scintilla: percepì subito che erano fatti della stessa pasta, non tanto per quello che Lana diceva, ma per *come lo diceva*, una promessa sussurrata, evidente nell'intonazione e nel timbro della sua voce, sottolineati da ampie pause in cui Darius si trovò a galleggiare. Lei aveva già visto Kirby più volte in video e immagini in rete, e a sua volta aveva immediatamente colto in quel sorriso, nei capelli neri, appena brizzolati e scintillanti di gel, nell'abito elegantissimo e attillato, l'uomo giusto per una serata speciale, e alla seconda telefonata, qualche giorno dopo, lo aveva invitato a una festa privata la stessa sera, un evento nella Manhattan più glamour ed edonistica, in cui tutti portavano obbligatoriamente delle maschere e potevano assumere qualunque identità volessero: solo per quella notte nessuno sarebbe stato quello che era veramente. Oppure avrebbe potuto scegliere di esserlo, certo che nessuno lo avrebbe creduto: una maschera per credere o un viso per non credere.

Kirby arrivò puntuale in taxi, un palazzo elegante come tanti lungo la Fifth Avenue, ma quando la grande porta girevole in vetro e metallo dorato si chiuse alle sue spalle, si trovò ad anni luce da New York e da qualunque altro luogo consueto, immerso in quella musica così particolare, in quegli ambienti elegantissimi ma dal gusto insolito che tagliavano fuori ogni rumore o influenza esterna: abituato a controllare meticolosamente ogni fase della sua vita e possibilmente di quella degli altri, entrò nella grande hall deciso e sicuro di sé. Ma la fiducia nelle sue capacità si scontrò improvvisamente con una nuova realtà dove tutto sembrava essere l'opposto della vita normale, dove i modelli comportamentali erano diversi, inusuali, qualcosa che non aveva mai sperimentato. Questo lo disturbava, lo spiazzava, una sensazione molto scomoda per un uomo come lui abituato a sapere sempre cosa fare e come farlo, pochi obbiettivi e molto chiari da raggiungere con determinazione. In quella strana festa i pilastri della società reale erano stati sostituiti da altri, indefinibili e confusi, con tutte quelle persone interessanti da conoscere la cui identità celata si rivelava un mistero da scoprire. Sapeva che erano

i VIP più in vista della nazione, quelli che contavano veramente, giunti da Los Angeles, Washington, Las Vegas e altre
città con jet privati. Era chiaro, da come si esprimevano, che
si trattava di professionisti affermati in campi diversi come la
politica, l'arte, il cinema, ma si presentavano con nomi completamente inventati, anche se le piccole maschere che indos-
savano lasciavano spazio a qualche ipotesi. Tutti dovevano
essere estranei, liberi di interpretare il ruolo che più desideravano. Ognuno aveva una sua caratteristica che lo distingueva
dagli altri: c'era un uomo molto simpatico, sicuramente un
comico, di statura piuttosto bassa, che parlava continuamente;
una donna giovane, magrissima, probabilmente una modella,
con braccialetti e altri accessori d'abbigliamento molto ap-
pariscenti; un altro uomo muscoloso, atletico, evidentemente
un campione dello sport, una signora elegantissima e colta
con uno strano anello in cui uno smeraldo divideva il castone
d'oro con un grosso brillante tagliato a cuore; poi due uomini
di mezza età, piuttosto altezzosi e arroganti, che discuteva-
no animatamente quasi al punto di litigare, subito calmati da
un'altra persona che tutti rispettavano e che riconoscevano
come autorità e tanti altri attori di un dramma molto particolare in quel metateatro in cui tutti erano pubblico e attori
consapevoli di rivestire entrambi i ruoli.

A fronte dello stupore iniziale, Darius si lasciò attrarre
sempre più dalla misteriosa atmosfera, Lana lo aveva ricono-
sciuto subito e anche lui, nonostante la donna indossasse una
maschera che le copriva gran parte del viso. Essa conferiva
alla sua folta chioma rossa ancora più luce, e la rendeva splen-
dida, con le labbra carnose lucide di scarlatto e le iridi di un
azzurro intenso. Avevano ballato, chiacchierato, si stavano di-
vertendo, o almeno così sembrava, con un bicchiere in mano,
tanto entusiasmo, mille promesse tra una risata e l'altra.

Poi si cominciarono a fare degli strani giochi, Darius non capiva bene, comunque non sembrava nulla di pericoloso, ma erano sottolineati da una musica ancora più insolita: il fascino di quel tipo di festa derivava proprio dal non poter trovare la giusta collocazione delle cose, un luogo dove tutti potevano essere qualcun altro e fare quello che normalmente non avrebbero mai fatto. Era un mondo strano, che attraeva tanti. Nessuno sapeva quando tutto ciò era cominciato o chi l'avesse ideato. Nessuna domanda qui aveva risposta perché quell'evento era nato proprio per scardinare la realtà, rompere lo specchio della percezione cognitiva e frammentare il tutto in mille schegge di grande fascino, per andare al di là del riflesso e percepire una realtà differente, artificiale forse, ma erano gli Stati Uniti, no? Da Las Vegas a Los Angeles fino a New York, quella era la terra dove i sogni si realizzavano, dove il sogno diveniva reale e la realtà si faceva sogno: l'unica nazione al mondo in cui ciò poteva avvenire con tanta facilità. Ma nessuno, per il momento, era riuscito realmente ad andare oltre lo specchio infranto, alle domande non veniva data alcuna risposta, ai tentativi di capire cosa accadeva lì nessuno sapeva rispondere, un po' come provare a decifrare la cattedrale di Gaudí a Barcellona o trovare la via d'uscita camminando nel mondo ribaltato di Escher, così gli aveva spiegato Lana. Non si usciva facilmente da quel sogno lisergico, almeno non secondo la logica classica, la razionalità, non con domande e risposte. Ma c'era una via d'uscita.

«Una analogia perfetta, un sogno all'LSD...» commentò silenziosamente Darius osservando ciò che accadeva intorno a sé. Tuttavia si divertiva, rideva con gli altri e l'alcool scorreva potente nelle vene. Riconoscendo un nuovo ospite tutti andavano da lui, scambiavano con entusiasmo informazioni sul proprio lavoro, la vita, la famiglia, ma tutto era falso, e terribilmente intrigante, perché forse non lo era. Il tempo scor-

reva insieme alle risate sopra le righe, alle conversazioni interessanti, ai balli con quelle sonorità così strane, gli sembrava di essere al centro di un turbine che vorticava sempre di più.

E poi c'erano quelle stanze; ogni tanto qualcuno vi entrava, e non ne usciva se non dopo molto tempo, c'era un via vai continuo, gente che entrava, gente che usciva dalle sette porte uguali ai lati del grande salone. Alla sua richiesta di spiegazioni Lana fu evasiva, lì nessuna domanda doveva avere risposta, tutti dovevano fare esperienza diretta di ogni cosa, anche delle stanze. Non era il luogo dove trovare la verità, o forse sì, ma in un modo completamente differente dalla logica metodica di una indagine razionale.

Senza un perché, Darius si risvegliò alle 04:45 di mattina su un divano, doveva aver bevuto troppo, o forse qualcuno gli aveva messo qualcosa nel drink, comunque era crollato: tutti se n'erano andati, sembrava essere solo nel grande ed elegantissimo salone. Con orrore si accorse di avere le mani sporche di sangue e al suo fianco giaceva Lana, il cui pallore intenso ora risaltava crudele nel vestito rosso che le fasciava il corpo, con un enorme coltello piantato nel cuore, morta da chissà quanto.

Con un urlo balzò in piedi, serrato nella morsa di una angoscia folle, amplificata dal silenzio irreale. Toccò il braccio della donna, era freddo, e osservando i suoi occhi aperti e il viso senza espressione la sua mente si invischiò nel panico dell'orrore più cupo: fu tentato di sollevarle la maschera e vedere il suo viso, ma la paura ebbe il meglio e corse in bagno. Non fece nemmeno caso all'eccezionale sontuosità dell'arredamento della toilette, in cui predominavano i colori azzurro e acquamarina, e si sprecavano gli elementi decorativi in argento e oro. Non riuscì a trattenere i conati che si susseguirono senza che vi potesse opporre un freno: poi si lavò le mani col sapone di una marca sconosciuta giapponese ma di gran classe, il cui contenitore era identificato da un minuscolo ideogramma che gli rimase impresso perché doveva averlo visto altre volte: 日.

Tornò nel salone e tentò di fuggire all'esterno ma la grande porta girevole non lo fece uscire: al contrario lo reimmise nell'edificio. Era in trappola.

Tentò varie volte di uscire ma fu sempre riportato all'interno in modo molto singolare, quando varcava l'uscita, in realtà entrava nell'edificio: provò e riprovò, varie volte, con il medesimo risultato. Vedeva la strada mentre la grande porta a vetri girava, e riusciva perfino a mettere la mano e una gamba fuori: invariabilmente, però, quel *fuori* si rivelava un *dentro* nel momento in cui si muoveva per uscire, e si ritrovava inspiegabilmente nella grande hall.

Cominciò a credere di trovarsi imprigionato in un incubo da cui non riusciva a svegliarsi, ma era eccezionalmente vigile e consapevole. Cercò scampo in una delle stanze ma si accorse che tutte riportavano al salone della festa, entrava da una e dopo aver passato altre stanze apparentemente senza alcun'altra utilità del collegarsi tra loro, rientrava nel luogo da cui era uscito.

Le provò tutte, con il medesimo risultato, tornava sempre lì, finché non scorse un'altra porta, in una zona separata, minuscola, una specie di sgabuzzino che non aveva notato prima: entrando notò un ascensore di servizio, una specie di montacarichi, e senza pensarci un attimo, nella spirale di un terrore sempre più oscuro, lo aprì e premette il tasto del piano più alto.

Da dentro osservava i livelli scorrere ma quando lo aprì e uscì si trovò all'esterno, in un angolo nei pressi della 57ª dove nel buio della notte salì sul primo taxi di passaggio e raggiunse l'aeroporto più vicino. Nella nebbia del panico acquistò un biglietto e salì sul primo aereo che trovò, un grosso 747 British Airways diretto in Europa, a London Heathrow, First Class, che decollò di lì a poco.

Seduto nell'elegante e semivuoto settore riservato ai passeggeri più abbienti, gli occorse una buona mezz'ora per riprendersi e cominciare a valutare in maniera razionale ciò che era accaduto. I suoi occhi fissavano l'oceano e il cielo nero come la pece nella cui immensità si perdevano i pensieri che si affollavano, si rincorrevano, tentando di collegare tracce, elementi, ma senza riuscire a trovare un senso logico a quanto era accaduto. Infine l'adrenalina gradualmente lo lasciò e senza accorgersene scivolò in un sonno senza sogni.

«Buona sera, signora Keys, è un onore averla a bordo del volo 9941. Desidera un bicchiere di champagne prima di cena?»

Jane aprì gli occhi con il notebook aperto: si era assopita e aveva fatto quel sogno così strano, aveva rielaborato in chiave onirica quelle dieci pagine che aveva letto, evidentemente era stata influenzata dalla lettura del romanzo. Le servì un attimo per riprendersi, poi sorrise alla hostess, una giovane donna molto carina sui trent'anni, dai bellissimi occhi a mandorla e un accento lievemente asiatico; poteva essere indonesiana, o forse thailandese, dai modi gentili e professionali.

«Buona sera. Signorina...»

«Indah.»

«Che nome interessante!» esclamò Jane concentrandosi sulla conversazione per distogliere la mente dallo strascico emotivo del sogno che la disturbava con una sensazione di disagio. «Da dove viene?»

«Da Bali, mi sono trasferita a Londra qualche anno fa.»

La mente di Jane tornò pronta e limpida con una luce negli occhi che proveniva dal cuore: «Oh! Ha qualche significato il suo nome? Sono stata a Bali in viaggio di nozze anni fa e so che la maggioranza dei nomi lì ha un significato particolare.»

La ragazza sorrise e abbassò gli occhi: «Significa bellissima. Sembra che fossi una bella bambina, almeno per i miei genitori. Le posso portare qualcosa, signora Keys? Succo di ananas? Vino rosso? Champagne?»

«Beh, ripensandoci un bicchiere di champagne è proprio quello che ci vuole.» Abbassò lo sguardo sul sedile di Rhonda Williams, era vuoto e mancava il suo libro. E osservando meglio non c'erano più nemmeno la sua giacca e gli occhiali da lettura; si guardò intorno, diede uno sguardo all'orologio, poi fissò la hostess.

«Sa dove è andata la signora Williams? Rhonda Williams. Americana... sui settant'anni, piuttosto... sovrappeso. Era seduta lì, abbiamo parlato un po' poi lei è andata alla toilette e io devo essermi assopita.»

La ragazza guardò nel corridoio in entrambe le direzioni e con un sorriso rispose: «Mi spiace, signora Keys, non ho visto la signora Williams. A dire il vero non ho visto nessuno su quel sedile. Ad ogni modo vado a controllare sulla lista dei passeggeri in prima classe, non sono molti oggi e non dovrebbe essere difficile trovarla. Però non ricordo nessuna signora Williams qui. Forse si è spostata in una classe inferiore...»

«Sì, sarà certamente così» rispose poco convinta. Ma Jane si sentiva inquieta, provava una leggera, vaga sensazione che non riusciva bene a definire.

All'improvviso una decisa turbolenza fece leggermente sobbalzare l'aereo per qualche secondo, la hostess si tenne per un attimo a un sedile poi guardò fuori.

«Non si preoccupi, è normale in questo periodo, e stiamo passando attraverso un fronte nuvoloso. Ci sarà anche qualche fulmine ma naturalmente il nostro velivolo è protetto e siamo completamente al sicuro da qualunque temporale.»

Jane annuì, notando un minuscolo tatuaggio sul polso della hostess, aveva una forma insolita, 日, doveva avere un qualche significato per lei. Non volle essere importuna e non chiese nulla, ma la sensazione che ricevette fu di inquietudine, poiché realizzò che era lo stesso simbolo che nel racconto, o meglio nel sogno, Darius vedeva nella toilette. Comunque si disse che doveva essere una coincidenza curiosa, quel simbolo era comune, soprattutto nei tatuaggi.

La giovane le sorrise e si allontanò, mentre lei si alzò, stiracchiandosi un po' le membra; diede un'occhiata intorno e si sedette di nuovo. La sua attenzione fu attratta dal finestrino e notò le luci della costa che si allontanavano: la distesa sconfinata dell'oceano Atlantico si intravedeva chiaramente nella notte per poi sparire ogni tanto tra le nuvole, mentre i finestrini erano a tratti sferzati da strane gocce di pioggia. Le osservò attentamente, non erano fluide come al solito, erano dense, e parevano di colore leggermente rosato. Tentò di osservarle meglio ma si accorse di non riuscire a metterle a fuoco.

«*Maledetta vecchiaia...*» pensò mentre si metteva gli occhiali e avvicinava il viso all'oblò, e stranamente nemmeno così riusciva a vederle bene. Colse alcuni bagliori in lontananza, e li attribuì a fulmini coperti dalle dense nuvole. Scuotendo la testa si accomodò meglio sul sedile e si concentrò su altro: digitò la password per riesaminare le ultime pagine del suo romanzo.

Ma quello che vide non era ciò che si aspettava: doveva aver scritto qualche brano, prima di addormentarsi, ma certamente non ricordava di averlo fatto. Ciò alimentò non poco l'inquietudine che le stava scorrendo dentro, tuttavia cominciò a leggere con curiosità: provava la decisa sensazione che anche le ultime pagine fossero state scritte molti anni prima, ma nella sua memoria non ve n'era traccia, si sentiva più che certa che il libro finisse come ricordava. Eppure le cose non stavano più così.

Riprese la lettura da dove l'aveva interrotta, da dove il testo in precedenza terminava e con grande stupore alla pagina successiva trovò altro testo, altre pagine che qualcuno aveva scritto.

Darius mascherava la sua paura con sorrisi e cortesie che distribuiva a chiunque gli rivolgesse la parola sul grosso aeromobile, ma la realtà era che si sentiva fortemente intimorito. Non sapeva cosa fare, non aveva neppure parlato con il suo avvocato, forse la persona con cui dialogava più spesso e che era divenuto, se non un amico, una sorta di confidente professionale: al risveglio da quella maledetta festa non aveva neppure avuto il tempo di fermarsi a casa.

Aveva scambiato pochi minuti prima qualche frase con il dottor Marcus Biden, un medico di New York seduto accanto a lui, ma osservando il suo sedile si accorse che doveva aver cambiato posto, non vedeva più la sua valigetta, né la giacca né il libro che stava leggendo. Eppure non l'aveva notato andarsene, e non gli era passato davanti per uscire dalla fila di sedili.

Inquietato ulteriormente da quel pensiero ordinò una doppia dose di whisky alla giovane hostess molto carina dai tratti orientali che passava in quel momento col carrello dei drink. Per tentare di mutare il suo umore pessimo ingollò un deciso sorso del liquido ambrato invecchiato 12 anni che gli diede immediata energia: esso si sparse caldo nello stomaco facendolo sentire decisamente meglio. Sorridendo alla hostess per ringraziarla, le chiese il nome.

«Indah. Sono di Bali, ma mi sono trasferita a Londra alcuni anni fa» rispose lei.

Alla richiesta di Kirby di conoscere il significato nella sua lingua d'origine, lei rispose: «Significa *bellissima*. Per mio padre evidentemente ero una bambina molto bella.»

Darius avrebbe solitamente risposto qualcosa del tipo: "Lo è anche adesso, Indah", e l'avrebbe invitata a cena all'atterraggio, ma non era certamente in vena, scambiò qualche frase di circostanza, poi la lasciò alle sue mansioni. Osservò fuori dall'oblò la vasta e solitaria distesa acquea dell'Oceano Atlantico, e il suo sguardo fu attratto da un enorme agglomerato di nuvole, dense e gonfie come panna montata, in cui l'aereo si infilò: nel giro di poco le nubi da bianche divennero grigie, e miriadi di gocce di pioggia, una strana pioggia, con gocce insolitamente dense e una lieve colorazione rosata sferzarono il vetro esterno. Ne fu perplesso, non aveva mai visto quello strano fenomeno, ma aveva altro a cui pensare: tentò di riflettere su ciò che era accaduto, e lo fece chiudendo gli occhi, ma il buio tendeva a peggiorare il suo stato emotivo, per cui spostò lo sguardo fuori dal finestrino. Per venti minuti non vide altro che un grigiore diffuso, a tratti molto scuro, e quella strana pioggia. Non riusciva nemmeno a vedere l'oceano che di solito era riconoscibile; gli sembrava di volare su un nulla diffuso. Infine fu vinto dalla stanchezza dovuta allo stress emotivo e crollò in un sonno profondo senza sogni.

«Mio Dio... una hostess dai tratti orientaleggianti, Indah...» pensò Jane. «Ma che diavolo sta succedendo?»

Si alzò di scatto, mentre i pochi passeggeri della First Class semivuota la osservarono distrattamente tornando quasi subito ai loro pensieri.

Si accorse di avere gli occhi lucidi; l'inquietudine si stava lentamente diffondendo nella sua mente come un veleno nel torrente sanguigno: ne percepiva il calore tossico nelle membra, ma non voleva che esso prendesse il controllo come faceva tanto tempo prima. C'era stato un momento nella sua vita in cui aveva avuto bisogno di un deciso sostegno psicologico ed era stata ricoverata in una clinica nella tranquilla campagna del Buckinghamshire, a ovest di Londra. Lì le avevano dato gli strumenti per affrontare le sue paure e per mantenere una visione razionale delle cose. Insieme a farmaci piuttosto forti. Decise perciò di mettere in pratica gli insegnamenti ricevuti come aveva fatto molte altre volte, e muoversi, fare due passi, svagarsi un po', parlare con qualcuno, magari era solo stanca e quella pesante cappa emotiva, l'intensa sensazione di disagio, sembrò lentamente dileguarsi man mano che si concentrava su pensieri differenti e incontrava gente.

Camminò fino alla classe turistica; l'aereo era pieno per metà, osservò gli altri viaggiatori poi tornò indietro e si fermò a parlare con una delle hostess.

«Mi scusi, attendevo lo champagne...»

«Certo, signora, provvedo subito.» La ragazza, molto gentile e professionale era intenta alle sue mansioni ma preparò subito il drink e lo portò a Jane, che intanto era tornata al suo posto. Si sentiva decisamente meglio e lo champagne fresco e frizzante le andò giù in un attimo lasciando il caratteristico aroma come una carezza vellutata sulla lingua. Osservò la hostess e ripensò al libro che aveva appena letto: «Chissà se...» rifletté tra sé. Non dovette pensarci a lungo.

«Signorina, dov'è Indah?»

La giovane le sorrise: «Mi scusi... Indah?»

«Sì, certo, Indah. Mi doveva portare lei lo champagne ma non l'ho più vista...»

La donna di rimando sorrise, imbarazzata: «Veramente non conosco nessuno con questo nome. È una sua amica? Una passeggera?»

«È una hostess, una sua collega, le ho parlato pochi minuti fa. È di statura medio-bassa, con occhi a mandorla, molto gentile. Viene da Bali.»

Lo sguardo confuso della giovane fece scattare qualcosa nella mente di Jane, un'emozione antica, la terribile consapevolezza della perdita dei punti di riferimento, quando senti il terreno mancarti sotto i piedi, come sabbie mobili che ti risucchiano orribilmente trasportandoti in un non-luogo, dove non vorresti mai andare. Decise allora di respirare profondamente, di riprendere il controllo afferrando le redini delle emozioni e guidandole affinché non prendessero il sopravvento sulla mente, come le avevano insegnato, spazzando via quella assurda nebbia che le si stava diffondendo nella testa.

La hostess, vedendo l'inquietudine sul viso di Jane, rispose: «Signora, non si preoccupi, vado subito a controllare. L'aereo è grande e lo staff è numeroso, vedrà che risolveremo al più presto questo problema.» Il suo sorriso rassicurante non scalfì nemmeno il guscio di gelida angoscia che stava chiudendo, come in una prigione, la mente di Jane. *Ma che stava accadendo? Non poteva essere, non...*

Abbassò lo sguardo e con orrore vide che la zona di prima classe era vuota. Un grido le sfuggì dalla bocca, parzialmente coperto da una mano. Si girò e non vi era alcun segno di altri passeggeri.

Si sedette, e nel conforto del suo lussuoso sedile, della giacca, della sua borsa che sentiva come familiari, cercò di crearsi il suo spazio razionale, dove poter riflettere senza ingerenze esterne. Rimase così, a testa bassa, con gli occhi chiusi e le mani alle tempie per qualche attimo, mentre la mente tentava di elaborare in mille modi la situazione. Ma era in un vicolo cieco. Al di fuori della realtà.

Cap. 3
OLTRE LA REALTÀ

Volo 9941 da Londra Heathrow a New York
18 aprile
Ore 21:12

«Signora?» Una voce maschile dal forte accento francese la trasse fuori dal vortice emotivo in cui stava cadendo.

«Signora, mi chiamo Michel Bernard, sono di Lione. Io... ho sentito senza volerlo quello che diceva alla hostess.»

Jane Milton Keys alzò la testa e guardò l'uomo a poca distanza dal suo sedile; era calvo, sui settant'anni, di corporatura minuta, e visibilmente impaurito.

«Sì?»

«Lei ha ragione, qui sta succedendo qualcosa di strano. Io non trovo mia moglie, e anche i miei vicini di posto. Sono spariti. Dopo il decollo, uno dopo l'altro. E con loro i bagagli e gli effetti personali. Avevo la giacca di mia moglie sulle ginocchia: mi sono assopito mentre lei parlava con la signora Williams e quando mi sono svegliato nemmeno lei c'era più.»

«Signor Bernard, che sollievo... allora non sono impazzita.»

«No. Altrimenti dovremmo esserlo in due e le probabilità statistiche sono infinitesimali.» Lui si sedette in un posto vicino e si guardò intorno.

Jane gli diede la mano e fece per presentarsi.

«So chi è lei, sono onorato di conoscerla, signora Keys» la prevenne l'uomo allungando la mano a sua volta e stringendola con poca convinzione. «Purtroppo non è la migliore delle occasioni. Non so cosa stiano architettando ma è un vero complotto. Stanno facendo sparire tutti, uno dopo l'altro. E poi c'è quella strana pioggia, mai visto niente così. L'hostess mi ha detto che si tratta di polvere in sospensione ma è un'emerita sciocchezza, sono un matematico, ho studiato geologia e climatologia e nell'atmosfera non vi è nulla che produca quelle gocce. Perlomeno nulla che conosciamo...» Terminò la frase pensoso indicando il finestrino.

Jane si voltò verso l'oblò e di nuovo vide quella strana pioggia, densa come un gel di una leggera tonalità rosata che si spandeva sul finestrino come in segmenti oleosi, rendendo difficile osservare l'esterno.

«Mio Dio! L'avevo notata anch'io prima, ma ora sembra... ancora più densa... Che accidenti è?»

«Nulla di naturale, mi creda. Io sono una persona molto legata alla logica e alla razionalità, ma qui sembra tutto ben oltre i confini della realtà. Riesce a vedere l'oceano?»

La donna osservò l'esterno dal finestrino, erano usciti dalle nuvole e si vedeva solo una enorme, solitaria distesa di... Jane ammutolì.

«Ma... che cosa sto guardando? Che cos'è?»

L'aereo si muoveva, era evidente dal rumore dei motori, ben udibile, ma ciò che vi era al di sotto non era chiaramente distinguibile, sembrava un'enorme, desolante superficie nera. A volte pareva di intravedere qualcosa ma pochi attimi dopo il territorio mutava e si conformava in modo impossibile da discernere, niente contorni, niente confini, solo una vasta distesa di nulla allo stato solido, con qualche variazione di illuminazione, appena percettibile. Se era un oceano, era l'oceano più strano e scuro che avesse mai visto, nero e opaco al punto da perdersi nel medesimo vuoto che circondava l'aereo.

«Non lo so, signora Keys, è qualcosa di veramente insolito. Come quella dannata pioggia. Ma di certo non è l'oceano. E visto che siamo usciti dalle nuvole, si dovrebbero vedere le stelle, la quota ordinaria è intorno agli 8.000 metri, circa 26.000 piedi.»

Jane osservò con attenzione sopra e sotto l'aereo, mentre le tracce rosate si estinguevano rapidamente eliminate dallo spostamento d'aria sul finestrino. Per quanto si sforzasse non riusciva a vedere stelle, a dire il vero non vedeva assolutamente niente. Poi guardò il suo interlocutore con un'espressione atterrita. Stava per rispondere: «*Forse siamo morti...*» ma decise che era una pessima frase da dire in quel momento. Tentò di raccogliere i pochi frammenti rimasti di uno specchio infranto: «Non si vede nulla. L'aereo è avvolto da uno spazio nero tutto intorno. Mi sembra di impazzire, io devo andare a New York, ma qui dove siamo? Dove stiamo andando? Ho fatto varie volte questa rotta e le cose non sono come dovrebbero essere.»

Bernard osservò pensoso l'area della prima classe. «Non so che dirle. Forse dovremo andare a dare un'occhiata in giro e fare bene attenzione a particolari che possano offrire una spiegazione a quanto sta accadendo. Io sono uno scienziato, mi rifiuto di credere a quello che vedo. Almeno finché non avrò trovato spiegazioni adeguate. L'unico dato sicuro è che mia moglie e gli altri passeggeri sono scomparsi mentre io e lei eravamo qui, e tutti gli altri sembrano non essersi accorti di nulla.»

Jane fu d'accordo: la decisa razionalità del Signor Bernard era ciò che serviva, sentiva la sua mente tremolare come gelatina irradiata da un'intensa onda emotiva e temeva di non riuscire a farcela da sola. La first class era proprio dietro la cabina di pilotaggio e vi erano pochi posti assegnati a questa sezione; si divisero e andarono in esplorazione dandosi appuntamento dieci minuti esatti dopo: Michel Bernard decise di recarsi al piano superiore, la scrittrice si propose invece di percorrere tutta la fusoliera fino alla coda: si sentiva come una corda di violino, e tentava di mantenere il controllo con respirazioni profonde, come le avevano insegnato. Si diceva che avrebbe trovato una risposta ma non ne era affatto certa.

Si diresse così verso la parte posteriore dell'aeromobile, camminando lentamente nello spazio tra la grande fila centrale da quattro posti e quella laterale destra: mentre avanzava osservava i passeggeri, non trovava nulla di strano, c'erano famiglie intere, single, uomini d'affari, bambini che giocavano, giovani che viaggiavano in gruppo o in coppia. Le diede un certo conforto osservare quelle persone nella normalità delle relazioni umane, le sembrò che non fosse accaduto nulla di strano.

Rivide con sollievo la seconda assistente di volo e le sorrise.

«Tutto bene signora Keys?» domandò la hostess con un accattivante sorriso.

Jane non volle rivelare il motivo della sua apprensione e rispose evasivamente. Scambiarono qualche frase di circostanza e Jane le chiese come si chiamasse.

«Beverly Hale, sono di Liverpool.»

«Liverpool... La visito spesso, per lavoro. Sta diventando una bella città, soprattutto il centro.»

«Sì, a differenza di altre città della regione sembra protesa verso il futuro e l'amministrazione locale fa molto per abbellirla e farla crescere. Ma dato il mio lavoro ci sono poco.»

Parlarono della loro vita professionale, e di varie altre cose; Jane si accorse di provare un certo conforto da quella conversazione, aveva talmente bisogno di trovare un appiglio, di afferrare un salvagente, che sentiva qualcosa di familiare in lei, come se in qualche modo fosse parte della sua famiglia.

«Ah, certo dev'essere una vita avventurosa la sua, sempre in giro per il mondo, conoscere nuove persone, sempre a contatto con situazioni stimolanti.»

La giovane donna, dai capelli lunghi e rossi, simili a quelli della scrittrice, rise di gusto.

«Forse questa è la visione della maggioranza ma le posso assicurare che è molto diverso; non mancano situazioni difficili da trattare, ma tutto sommato vi è ben poco di avventuroso. Servire i pasti e prendersi cura dei passeggeri assorbe gran parte del tempo e alla fine ogni viaggio risulta simile al precedente. La cosa bella è che si visitano molti paesi, ma tra jet-lag e ritmi di lavoro continui, bisogna proprio prendersi dei giorni di ferie per visitare una città. Inoltre quando si ha a che fare con tanta gente capitano situazioni a volte anche imbarazzanti, critiche, inoltre... beh, meglio lasciar perdere. Mi creda, molto lavoro e poca avventura. Ad ogni modo, è una vita che mi piace.»

Jane sorrise: anche Rhonda Williams le aveva chiesto la stessa cosa e aveva risposto più o meno allo stesso modo. Scambiarono qualche frase di circostanza, ma Beverly aveva da fare e Jane non osò chiedere di nuovo di Indah: lei, stranamente, non menzionò neppure la conversazione precedente. Jane quasi non voleva sapere altro sull'argomento, lasciò comunque la cosa in sospeso, come sperando di svegliarsi da un brutto sogno. Jane salutò la giovane con un ultimo sguardo all'anulare sinistro in cui si vedeva chiaramente il segno lasciato da un anello che non c'era più. Con un sorriso tirato si avviò verso la coda dell'aereo.

Una decina di metri più avanti una bambina inciampò sulla moquette e le cadde davanti. Jane si chinò in ginocchio per aiutarla: la bimba aveva gli occhi pieni di lacrime ma non volendo evidenziare il suo imbarazzo, fece finta di nulla:

«Ciao piccola» le disse Jane. «Va tutto bene, non ti preoccupare, non è successo nulla. Come ti chiami?»

Il suo sorriso sincero e la sorpresa di vedere un'estranea che la stava aiutando distolse la bambina dal precedente stato emotivo. Si rimise in piedi e con un'espressione tra l'imbarazzato e il curioso e un filo salato che le rigava il viso rispose:

«Mi chiamo Vanessa, signora.»

La bimba aveva dei bellissimi capelli rossi e occhi di un azzurro molto intenso. Fissò il piccolo videogioco portatile per terra.

Jane raccolse il dispositivo elettronico, notando sulla marca il logo di un'azienda giapponese con il simbolo 日. Quando lo vide, la mano quasi le tremò, ma riuscì a controllarsi, allungandole il giocattolo.

Lei notò l'espressione preoccupata di Jane che continuava a chiedersi cosa stesse accadendo senza trovare risposta. Aveva cercato di eludere quella domanda, cullandosi nel conforto di relazioni gentili con sconosciuti, ma ora... non poteva essere una coincidenza.

«Signora... si sente bene?»

La donna guardò Vanessa provando una forte tenerezza che prevalse sul timore.

«Non è nulla, cara. Va tutto bene, sì» rispose Jane rilassando i muscoli del viso.

«*Vanessa! Non importunare la signora!*» esclamò una voce da dietro il sedile. Il viso di un fanciullo di circa quattro anni emerse nel corridoio dal posto a fianco, fissando Jane, seguito da quello della madre, una donna sui trentacinque anni.

«Mi scusi, signora» aggiunse la donna, «Vanessa è una bambina esageratamente curiosa, tende a voler conoscere un po' troppo degli altri. Spero non le abbia dato fastidio.»

Jane le regalò il suo miglior sorriso, anche se un poco stanco: «È una bellissima bambina, e molto educata. Non mi ha certo dato fastidio. Quanti anni ha?»

«Sei. E qui c'è Jason, suo fratello.»

Che strano, pensò la scrittrice: le sembrava di conoscere quei bambini, e a questo curioso *déjà vu* si mescolava una vaga sensazione di malinconia, intensa e indefinita allo stesso tempo, lo percepì quasi come un'affilatissima lama di pugnale, di cui una faccia era gioia pura e l'altra dolore altrettanto puro, una azzurra e l'altra grigia, come pennellate di acquerello che si mescolavano ad acqua in una sinistra sinestesia.

Jane si passò una mano su un lato dei capelli come per allontanare qualcosa di sgradevole: in quella situazione le cose non erano al loro posto, sembravano ciò che non erano, forse semplicemente si stava lasciando prendere la mano dalla parte più profonda di sé, quella che le faceva paura e che da sempre tentava come un mostro inesorabile di divorarla e farla a brani.

Il bimbo le si avvicinò: «Io sono Jason, ho… quattro anni…» Il bambino cercava senza riuscirci di tenere quattro dita della mano aperte e il pollice serrato, ma dovette aiutarsi con l'altra mano.

Jane lo aiutò a segnare il quattro. «Ecco, si fa così.» Il bimbo la guardò tutto felice agitando la mano. Poi un dito si aprì e di nuovo tentò di piegarlo senza riuscirci.

«Ce la farai, con un po' di impegno» commentò Jane. Tornate a casa negli States?» aggiunse rivolta alla madre.

«Sì, siamo stati per un paio di settimane dai nonni, nel Buckinghamshire.»

Jane sorrise forzatamente. Quella regione, per quanto bella e piena di verde, le ricordava momenti molto difficili, in cui aveva dovuto rivedere completamente i suoi obbiettivi, le sue speranze, le fondamenta della sua stessa persona poiché il suo tetto era crollato, in una serie di problematiche personali. Ancora sentire quel nome le recava una brutta sensazione, ma sapeva come fare per allontanarla e decise di continuare la conversazione.

«È una bellissima zona, hanno una casa lì?»

«No, veramente… sono malati, entrambi hanno il Morbo di Alzheimer e sono in una clinica specializzata per la cura di malattie psichiatriche e demenza senile. Regolarmente torno a trovarli. Si chiama…»

Quando Jane udì il nome ebbe un sussulto: lei era stata proprio in quell'ospedale, tanto tempo prima, dove aveva ricevuto cure psicologiche e seguito terapie farmacologiche. Sei mesi di inferno in cui aveva perso il contatto con la realtà. Ma ne era uscita piuttosto bene. E aveva incanalato nei suoi libri tutta la sua energia e creatività, come le avevano suggerito i medici, affrettando la guarigione e traendone forza.

Ma ora si trovava in una situazione in cui le sue certezze stavano vacillando come una casa durante un forte terremoto: con un saluto gentile decise di cambiare zona.

Mentre si allontanava preda di quella sensazione così sgradevole e opprimente, si sentì osservata; con la coda dell'occhio scorse in uno dei sedili sulla parte destra, vicino al finestrino, un uomo, elegantemente vestito, che poteva avere una cinquantina d'anni. Lui la fissava e quando lei lo guardò di rimando fece come se volesse dirle qualcosa, alzandosi leggermente per andare verso di lei, poi ci ripensò e si sedette di nuovo. Jane ne fu colpita, ma era troppo intimorita per rivolgergli la parola.

Abbassò la testa e i folti capelli rossi raccolti sulla spalla destra sobbalzarono mentre cambiava direzione e i suoi passi si fecero lunghi e veloci: rivide la madre ma non i due bimbi. Le chiese: «Signora... i suoi bambini?»

La giovane donna la guardò perplessa: «Mi scusi? Forse è in errore, io non ho figli...»

A quelle parole il cuore di Jane ebbe un sussulto: dopo un attimo di smarrimento la scrittrice si allontanò velocemente diretta verso il suo posto: tuttavia, all'entrata dell'area First Class diede uno sguardo intorno e non vide nessuno. Non c'era più nemmeno il bagaglio a mano dei passeggeri precedenti. Nemmeno la giacca del signor Bernard.

Jane si mise le mani nei capelli: «Mio Dio, ma che sta accadendo? *Aiuto! Qualcuno mi aiuti!*»

La sua voce, stridula e rotta dall'emozione, attrasse l'attenzione di un uomo che le si avvicinò. Lo riconobbe, era quello che aveva visto poco prima seduto al suo posto che la guardava.

«Signora? Posso aiutarla? Cosa le succede?» Il suo viso preoccupato e il tono della voce molto calmo e profondo le provocò uno strano sentimento, come se lo conoscesse già. Jane gli rispose dalla soglia di uno stato di shock.

«Io... non capisco cosa stia accadendo, le persone spariscono, i loro bagagli spariscono, incontro una signora con due bambini e quando ripasso da lei mi dice che non ha figli... ma io ho parlato con loro cinque minuti fa...»

L'uomo, ora visibilmente allarmato, le prese le mani: «Signora Keys, la prego si calmi, c'è una spiegazione ad ogni cosa. Vedrà che la troveremo.»

Lei alzò lo sguardo, con gli occhi lucidi replicò: «Come conosce il mio nome? Io non la conosco.» Era vero, non l'aveva mai visto, ciò nonostante provava uno strano sentimento nei suoi confronti, come se fosse un amico, o un conoscente che non vedeva da molto tempo.

L'uomo sembrò interdetto. Non riuscì a rispondere immediatamente e Jane lo interpretò come un segno sinistro. Strappò via le mani dalle sue e si spostò per dirigersi verso la classe turistica.

«Signora Keys, la prego... Io... sono un suo fan... Ho anche un suo libro sull'aereo, se mi segue glielo mostro.»

Jane si bloccò: non sapeva cosa fare e quell'uomo le si era rivolto con gentilezza, sembrava sincero, e almeno lui ancora c'era. Con la coda dell'occhio diede uno sguardo al finestrino più vicino dove alcune luci lontane, forse fulmini, lanciavano i loro bagliori nel buio più cupo. Di nuovo, quella strana pioggia così densa, di un leggero colore rosato, rigava il vetro all'esterno.

L'uomo, tranquillo ma con un'espressione piuttosto indefinibile sulle labbra, continuava a guardarla da dieci centimetri più in alto.

«Signora Keys... Jane... La prego, venga.»

Jane si guardò intorno: oltre la metà delle persone che occupavano i posti non c'erano più. Fu presa da un brivido intenso, che la fece tremare di paura. L'insistenza di quell'uomo non le piacque affatto ed ebbe l'unico effetto di farla allontanare da lui. I pochi passeggeri la fissavano preoccupati; uno andò a chiamare una hostess che accorse subito.

Jane la vide arrivare, allarmata, visibilmente preoccupata, e si accorse che i monitor sul poggiatesta, nel retro dei sedili, non trasmettevano più i consueti film o la posizione geografica ma solo la sagoma dell'aeromobile che avanzava su una linea tratteggiata senza nulla sotto e intorno, come se si stesse muovendo in uno spazio completamente vuoto. I suoi occhi lucidi vagarono intorno alla ricerca di una risposta.

«Signora, la posso aiutare?» L'hostess aveva la voce tremula per l'emozione.

A Jane pareva di vivere una realtà alienante da cui non riusciva a staccarsi: eppure sembrava l'universo in cui viveva da sempre, non aveva dubbi, o forse un'area di esso dove le normali leggi della fisica vacillavano, o cambiavano di stato.

In quel momento giunse anche un altro passeggero, un uomo sui sessant'anni, che le chiese se avesse bisogno di qualcosa. Aggiunse che aveva sentito cosa diceva e che aveva avuto le sue stesse esperienze.

L'hostess tentava di rimanere tranquilla ma ciò che provava era evidente. Jane se ne accorse subito: «Lei ha paura! Allora ha visto anche lei cosa sta accadendo! Dove sono Indah e Beverly, le sue colleghe?»

La giovane donna la guardò con occhi tremanti: «Io… non lo so. Sono semplicemente sparite. Non so come sia possibile, ma non ci sono più. E quello che è peggio è che le altre assistenti di volo mi credono pazza, dicono che loro non hanno mai visto Indah e Beverly.»

«Però a me Beverly ha portato un drink non più tardi di dieci minuti fa» continuò l'uomo. «Io ho parlato con lei, esiste, posso testimoniarlo. Noi non siamo pazzi, ma qui indubbiamente sta accadendo qualcosa di anomalo.» I tre si guardarono.

«Forse è meglio che mi presenti» proseguì. «Mi chiamo Jeremy Lee, sono un fisico di New York e sono il direttore di una rivista scientifica: mi occupo specialmente di scienza di frontiera e fenomeni considerati anomali… Come quello che sta accadendo ora.»

«Allora lei ha una spiegazione?» lo interrogò l'hostess. «Ah, scusate» continuò, «mi chiamo Michelle, Michelle Rivera. Sono di Washington.»

«Jane Milton Keys. Sono una scrittrice.»

«Oh, signora Keys, è davvero lei? Io… sono onorato di conoscerla» replicò Lee dandole la mano. La diede anche a Michelle: «Onorato di conoscere anche lei, signora Rivera.»

«È un piacere anche per me» rispose Jane. «È un sollievo che altri si rendano conto della situazione. Ho parlato con vari passeggeri che sono poi scomparsi: stranamente ho percepito in loro una certa familiarità, nel senso che quando ho chiesto loro qualcosa della loro vita mi hanno raccontato eventi comuni e simili a quelli della mia vita, pensavo si trattasse di una casualità curiosa, ma ripensandoci adesso mi sembra tutto così strano…» La scrittrice si sistemò i capelli come per smorzare il disagio, poi continuò: «Prima vi era un signore anziano, Michel Bernard, che aveva perso la moglie e come noi si rendeva conto che i passeggeri stanno sparendo, uno alla volta. Mi ha consigliato di esplorare l'aereo, lui è andato di sopra ma non è ancora tornato... È uno scienziato e mi ha fatto notare che l'aereo vola sul nulla. E che quella strana pioggia non ha nulla di normale.» Jane indicò il finestrino più vicino con un cenno della testa.

Lee e Michelle si precipitarono al finestrino e scrutarono l'esterno.

«Si vedono delle luci, come dei bagliori tra le nubi. O meglio, non si vedono nubi, solo dei lampi ogni tanto!» esclamò l'hostess.

«Guardi sotto. Scorge qualcosa?»

La donna scrutò attentamente in basso e in alto poi lei e Jeremy si guardarono preoccupati.

«Non c'è nulla. Né sotto di noi né sopra» aggiunse con un filo di voce Lee. «È tutto nero, come se fosse vuoto... Non so cosa pensare, ho volato più volte attraverso l'oceano e il mare o le stelle si vedono. Ma ora non ci sono nubi, solo quegli strani bagliori in lontananza.»

«E che diavolo è questa pioggia così strana? Sembra un gel rosa...» Michelle sentiva la gelida mano della paura stringerle la gola. Quello era un incubo, un vero incubo da cui non poteva fuggire.

Jane si rivolse al fisico: «Signor Lee, diceva che non esiste in natura un fenomeno del genere?»

L'uomo tentò di mantenere una fredda logica scientifica ma quello a cui stavano assistendo era una violazione della razionalità.

«Dunque, abbiamo persone che spariscono, un aereo che

vola nel nulla, e una pioggia che non è pioggia. Un bel rompicapo.»

Rifletté un momento poi aggiunse: «Penso che il signor Bernard avesse ragione, dobbiamo raccogliere più dati, esplorare l'intero aereo e verificare se questo fenomeno sta avendo luogo solo in quest'area o in tutto il velivolo.»

Jane annuì: «Sì, dobbiamo fare così. Io ho percorso buona parte del corridoio centrale: a una prima occhiata sembra tutto a posto, poi quando torni ti accorgi che mancano diverse persone. Ma non so se hanno cambiato posto o dove siano andate.» Disse quest'ultima frase come per darsi un po' di conforto, ma il pensiero successivo la portò drammaticamente alla cruda realtà: *«E poi c'è la questione della storia che si scrive da sola.»*

«Come?»

«Sì. Un vecchio file nel mio notebook che avevo ripreso dopo anni: ogni volta che lo apro contiene un brano in più che io non ho scritto. E la storia ripercorre quello che sta succedendo, il protagonista è maschile ma nel viaggio da New York a Londra gli accadono situazioni del tutto simili alle nostre, stesse persone, stessi nomi.»

Michelle si portò una mano alla bocca: «Mio Dio!»

«Non può essere» dichiarò Lee. «Lei è sicura di non aver scritto quei brani?»

Jane rifletté un attimo poi ripose: «Assolutamente. Venite a vedere.»

Li accompagnò fino al suo posto dove il notebook, collegato alla presa di alimentazione a fianco del sedile ronzava leggermente semiaperto. Quando vide il sedile del Signor Bernard vuoto, senza il bagaglio a mano, la giacca e altri oggetti che prima lo occupavano provò una stretta al cuore.

«Ma… anche il Signor Bernard!» esclamò guardandosi intorno: dei passeggeri nella First Class non ne era rimasto nemmeno uno, l'intera area risultava desolatamente vuota. Jane sperava che l'anziano signore fosse ancora impegnato nell'esplorazione dell'aereo ma sapeva che le cose stavano diversamente. Scambiò uno sguardo con Lee e Michelle.

«Non c'è nessuno… non c'è più nessuno… Anche il Signor Bernard… ma lui come noi stava indagando su questo fenomeno. Quindi sparisce anche chi se ne accorge…»

Lee aggrottò un sopracciglio. «Allora, forse non dovremmo separarci ma restare uniti.»

Le due donne concordarono, poi Jane spiegò in che modo la storia si scriveva da sola, riassunse il racconto e mostrò il file a Jeremy Lee che lesse con grande attenzione in particolare le ultime quattro pagine: mentre scorreva velocemente il testo provava la netta sensazione di sperimentare un incubo reale, come se si trovassero in una bolla di realtà differente, in cui vivere era come sognare.

«Ma… io… non posso crederci, parla di noi».

Cap. 4
NON PUÒ ESSERE

Volo 9941 da Londra Heathrow a New York
18 aprile
Ore 22:45

Lee girò il notebook verso di loro e ciò che lessero tolse loro il fiato.

Darius si sentiva perduto: nel giro di poche ore aveva gettato al vento la sua vita e la sua carriera per un omicidio a cui era completamente estraneo, sentiva di trovarsi in un mondo differente, come se la realtà normale fosse stata temporaneamente scalzata via da un nuovo universo in cui i normali punti di riferimento non esistevano più e gli eventi dipendevano da una logica insolita, o forse non esisteva alcuna logica, nessun universo. Solo una follia diffusa.

Eppure, nonostante tutto, Darius Kirby era un uomo estremamente pragmatico, che non si poneva domande scomode, semplicemente le eludeva per concentrarsi sulla tranquillità del mondo edonistico che si era creato. Ma ora quella realtà gli sembrava talmente lontana da essere essa stessa un'illusione. Ma dove era finito? In che guaio si era cacciato? Lana era morta in modo così cruento a New York, ma per quale motivo? Dove erano finiti tutti gli altri invitati alla festa? Cosa era accaduto realmente? Doveva essere stato drogato quella notte, ma perché? La mancanza di risposte chiare e l'impossibilità di trovarne, a centinaia di miglia di distanza, in volo sopra l'oceano Atlantico, lo faceva impazzire. Diede uno sguardo fuori dal finestrino e vide solo degli strani bagliori nel nulla. Niente mare, niente stelle, solo un desolante nulla che sembrava avvolgere l'aereo. Darius rabbrividì: non aveva mai visto nulla di simile.

Quando tornò a osservare la First Class notò che al momento era l'unico passeggero nell'area e questo lo intimorì;

poco prima di chiudere gli occhi c'erano almeno una decina di persone nel suo settore, dove erano finite? Non c'erano più nemmeno i bagagli a mano, controllò nel vano sopra i sedili: tutti vuoti.

Percepiva la tensione farsi sempre più forte finché non poté più trattenerla e si alzò dal suo posto per percorrere l'intera fusoliera: in classe turistica vi erano ancora diversi passeggeri, ma molti meno che alla partenza: ma che stava accadendo?

Incontrò una donna molto carina dai capelli rossi che conversava animatamente con un'hostess e un uomo anziano: quest'ultimo teneva un notebook in mano e tutti e tre leggevano il testo sullo schermo con un'espressione molto seria: ascoltò i loro discorsi e decise di fermarsi con loro. Si presentò e disse loro che aveva lo stesso problema: la gente spariva e lui sembrava l'unico ad accorgersene, era contento di aver trovato altri nella stessa posizione. Fu colpito dalle espressioni dei tre, quando si volsero verso di lui, sembravano impauriti. A dire il vero a Lee il cuore era saltato dal petto alla gola per la sorpresa mentre le due donne erano sbiancate.

«Ma… state bene?»

L'hostess si riprese in un attimo e decise di dare un corso differente alla conversazione; pensò che se fosse riuscita a mantenere la calma tutto sarebbe andato meglio, anche in quella situazione così paradossale.

«Sì, ci scusi, è che ci troviamo in una situazione un po' particolare. Mi chiamo Michelle Rivera. Sono di Washington, e questi sono Jane Milton Keys, la famosa scrittrice e il signor Jeremy Lee, fisico e direttore di una rivista scientifica.»

Darius ricevette una insolita impressione da quelle persone; non le aveva mai viste ma gli risultavano in qualche modo familiari, come se le avesse sempre conosciute. Decise tuttavia di non prestare ascolto alla sua parte emotiva, come era solito fare.

«Io sono Darius Kirby... Ma cosa sta succedendo? La gente sparisce, parlo con qualcuno e poco dopo non c'è più, nemmeno la borsa o il libro che stava leggendo.»

Jane lo squadrò: anche nei suoi confronti provava uno strano sentimento, come se lo conoscesse da molto tempo, eppure non l'aveva mai visto, ma naturalmente conosceva la sua storia, l'aveva scritta lei e aveva letto il nuovo brano pochi minuti prima. Decise tuttavia di non parlargliene e uno sguardo scambiato con gli altri due le confermò che erano d'accordo.

«Signor Kirby, non lo sappiamo» rispose Jane «c'è indubbiamente qualcosa che non va, le cose non sono come dovrebbero. Ha visto quella strana pioggia?» disse indicando un finestrino vicino rigato da dense gocce rosate.

«Sì, e ho anche visto che l'aereo procede ma non si vedono né stelle né mare; e quelle strane luci, come dei bagliori, sembrano fulmini ma non ci sono nubi. Solo un cielo nero, sempre che sia il cielo. Nemmeno i monitor dietro ai sedili mostrano più la rotta...»

«*Pssst... io ho visto qualcosa...*» si intromise sottovoce un ragazzo sui vent'anni seduto a poca distanza che non si era perso una parola senza farsi vedere. Jane osservò il suo look molto particolare, heavy metal, con una maglietta nera che pubblicizzava una band tedesca e un simbolo che riconobbe chiaramente: 日.

Lee si volse incuriosito.

«È sparito tutto, sia le persone che i loro bagagli a mano, ho controllato. Qui nel sedile di fianco a me c'era una signora anziana con la figlia. Però sono riuscito a capire che alcuni sono entrati in quella porta e non sono più usciti. Io... non so più cosa pensare...» Il ragazzo era visibilmente impaurito. Più o meno come tutti loro.

La hostess osservò nella direzione che il giovane indicava. Gli si avvicinò: «Quella è la porta del locale cucina, dove prepariamo i pasti e altro.» Poi si volse verso il ragazzo e gli tese la mano: «Io mi chiamo Michelle, questi sono Jane, Jeremy e Darius. Tu come ti chiami?»

«Andrew, Andrew Assenza. Sono di New York, tornavo a casa dopo uno stage di grafica pubblicitaria a Londra.» Aveva in mano un libro che ripose sul sedile a fianco.

«Ok, Andrew. Indubbiamente sta accadendo qualcosa di strano. Ma adesso siamo almeno in cinque persone che stanno indagando, vedrai che troveremo una spiegazione logica a tutto. Hai detto che hai visto qualcuno entrare là e non uscirne?»

«Sì, almeno una ventina di persone, poi ho smesso di contarle.»

«Ma... il locale è piccolo, non può contenere tutta quella gente. E poi, sono rimaste lì?» rispose Michelle.

«È circa un'ora che tengo d'occhio quella porta. Non è uscito nessuno.»

«Beh, a questo punto dobbiamo controllare.» Darius si mosse subito trattenuto da Lee: «Darius, aspetti. Non sappiamo cosa vi sia oltre la porta. Forse... dovremmo armarci, non armi da fuoco naturalmente, sparare a 8.000 metri vorrebbe dire bucare la fusoliera e precipitare.»

Michelle lo fissò negli occhi: «Beh, ho alcuni oggetti che potrebbero essere utilizzati come armi nell'area dietro la cabina di guida, sono dei supporti abbastanza lunghi e pesanti che utilizziamo per i carrelli portavivande. Vado a prenderli.»

Lee suggerì: «Aspetti, Michelle, è meglio che andiamo tutti.» I quattro si guardarono annuendo. Il testo sullo schermo del notebook terminava così lasciando la hostess, Lee e Jane a bocca aperta; le due donne faticavano per mantenere il controllo. Jeremy Lee scosse la testa incredulo.

«Non è possibile... Ci deve essere una spiegazione a tutto ciò... E lei Jane non ricorda di averlo scritto?»

Jane lo guardò con un'espressione intimorita; le tremò appena la voce mentre rispondeva: «No. Sono assolutamente certa. Quella storia si scrive da sola. Mio Dio, non voglio averci nulla a che fare. Devo distruggere quel computer!» Stava per sbatterlo contro il bracciolo del sedile quando l'anziano fisico la trattenne: «Jane, aspetti! Se questo computer in qualche modo sta scrivendo questa vicenda, forse è un messaggio, un aiuto per risolvere questa situazione.»

«Come? Ma cosa dice? Questa deve essere una allucinazione, non può essere...» replicò Michelle. «Io... ho paura, quel maledetto computer mi fa paura, non voglio più leggere nulla! Jane ha ragione, facciamolo a pezzi!»

Jeremy si oppose; vedendo il terrore più intenso impossessarsi delle due donne tentò di riportare una lucidità e una

61

logica che ormai sfuggivano persino a lui.

«Jane, mi ascolti: non perdiamo nulla a tenere il computer con noi, anzi potrebbe rivelarci informazioni preziose in anticipo. Nel racconto Darius proviene da New York e va verso Londra, noi siamo sulla rotta contraria... Potrebbe essere che...»

«Continui, per favore» lo pregò la scrittrice.

«Beh, è solo un'idea, ma se la rotta è la stessa, tra poco, quando l'aereo del personaggio incontrerà il punto in cui ci troviamo noi, il nostro universo e quello della fiction letteraria verranno probabilmente a coincidere.»

«E quindi? Cosa accadrà?»

«Non posso dirlo con certezza, ma è possibile che questo racconto sia un messaggio per noi. Per prepararci a quanto deve avvenire tra poco. Comunque ci fornisce elementi di cui dovremmo tenere conto.»

Jane gli prese il computer dalle mani e non riuscendo più a controllare l'angoscia fece per sbatterlo contro il bracciolo di un sedile ma Lee la fermò.

«Aspetti, la prego! Va bene. Proviamo così: da ora in avanti leggerò solo io la storia e vi avvertirò se vi saranno aggiunte. Ma vi prego non distruggete questo computer, è la nostra unica speranza di capirci qualcosa, la storia è sfasata in avanti rispetto al nostro continuum temporale di qualche minuto. Ci dice cosa accadrà. Io direi di recarci al locale cucina e provare ad entrare insieme. Intanto terrò d'occhio il computer.

Le due donne annuirono. Osservando le loro espressioni eloquenti, Lee aggiunse: «Ce la faremo, vedrete. Siamo in una situazione anomala, è vero, ma nel nostro universo vige la legge causa-effetto, e se quello che vediamo è l'effetto, troveremo la ragione scatenante. Andiamo.»

Si mossero con circospezione verso la zona vicino alla porta della cucina e fissarono una signora anziana che si guardava intorno, come chiedendosi se stava andando nella direzione giusta, poi aprì la porta ed entrò. Michelle si portò una mano alla bocca, mentre Jane fissava il posto che nel romanzo era del giovane che li aveva avvertiti dei passeggeri che entravano senza uscire più. Andrew tuttavia non c'era.

«*Scusate, potete dirmi cosa sta accadendo?* Molti dei passeggeri sono scomparsi e non riesco a capire dove stiamo volando, fuori non si vede nulla...»

I tre si girarono e videro un uomo, elegantemente vestito, dal viso corrucciato, come oppresso da una forte preoccupazione.

«Mi chiamo Darius Kirby.» Il sorriso teso sulle labbra dell'uomo si ridusse ancora osservando l'espressione impaurita dei tre passeggeri che aveva di fronte. A dire il vero a Lee il cuore era saltato dal petto alla gola per la sorpresa mentre le due donne erano sbiancate.

«Ma... state bene?» Kirby provava una strana sensazione, come se avesse già conosciuto quelle persone, gli sembravano in qualche modo familiari.

Jane lo squadrò: anche nei suoi confronti provava uno strano sentimento, come se lo conoscesse da molto tempo, eppure non l'aveva mai visto, ma naturalmente conosceva la sua storia, l'aveva letta pochi minuti prima. Decise tuttavia di non parlargliene e uno sguardo scambiato con gli altri due le confermò che erano d'accordo.

«Signor Kirby, non lo sappiamo» rispose Jane. «C'è indubbiamente qualcosa che non va, le cose non sono come dovrebbero. Ha notato quella strana pioggia?» disse indicando un finestrino vicino rigato da dense gocce rosate.

«Sì e ho anche visto che l'aereo procede ma non si vedono né stelle né mare; e quelle strane luci, come dei bagliori, sembra un temporale ma non ci sono nubi. Solo un cielo nero, sempre che sia il cielo. O un nulla oscuro. Nemmeno i monitor dietro ai sedili mostrano più la rotta.»

Michelle diede una veloce occhiata intorno, aveva notato che i passeggeri erano calati drasticamente dall'ultima volta che li aveva controllati: un rapido conteggio le fece capire che nella zona a tariffa turistica dove si trovavano non vi era che il 20% dei passeggeri iniziali.

«Mio Dio, Jeremy! Sono molti meno della metà…!» esclamò Michelle: era atterrita e sentiva la sua professionalità vacillare.

Lee si volse verso di lei: «Come dice?»

«I passeggeri, li ho contati, sapevo pressappoco quanti fossero, circa un centinaio. E adesso sono una ventina, sparsi tra i sedili. Sono rimaste il 20% delle persone!»

Una pausa senza parole sottolineò tutto il peso di quell'affermazione. Lee si guardò intorno: era vero, non c'erano più diversi passeggeri con cui aveva parlato e altri di cui ricordava il posto. Non c'erano più, nemmeno i loro bagagli.

Jane si specchiò nel viso di Darius, in un contatto di qualche secondo: entrambi provavano un forte timore, e allo stesso tempo avvertivano quell'insolito sentimento di familiarità, come se si fossero già conosciuti.

Jane osservò Michelle che si stava avvicinando a un sedile, cercando qualcosa. Poi si rivolse ai tre passeggeri: «Non c'è più, è scomparso anche Andrew! Non l'ho detto prima, ma anche se è citato nel racconto, era un passeggero reale, gli ho portato un tè caldo pochi minuti fa. E adesso non c'è più.»

«Andrew?» esclamò Darius, «*Chi diavolo è Andrew?*» La sua voce rotta dal terrore tradiva il suo stato emotivo, che normalmente riusciva sempre a celare dietro la maschera di un sorriso. Quelle parole lo avevano gettato nello sconforto: l'immagine di Lana riversa sul divano a New York era nitidissima e presente nella sua mente, un disturbo molto forte nella sua tranquilla percezione della realtà, molto semplice e omogenea, una realtà in cui lui era il centro dell'universo e tutto girava intorno.

La hostess gli mise una mano su un braccio: «La prego si calmi, Darius. Siamo tutti impauriti e l'ultima cosa che ci serve è farci prendere dal panico.»

«Forse non c'era davvero, forse era solo parte di quel romanzo...» mormorò Jane. Ma cambiò subito idea quando vide il fisico prendere un libro sul sedile occupato in precedenza dal ragazzo. «Che cos'è?»

Jeremy Lee osservò con attenzione l'immagine sulla copertina: lesse ad alta voce il titolo: «LE DIMENSIONI IMPOSSIBILI: l'Universo alternativo di Escher». Lo mostrò al gruppo.

.

Cap. 5
LE DIMENSIONI IMPOSSIBILI

Volo 9941 da Londra Heathrow a New York
18 aprile
Ore …

Lee sfogliò con attenzione il testo leggendone l'indice ed esaminandone il contenuto, soffermandosi poi su una delle tante immagini del lavoro dell'artista olandese Maurits Cornelis Escher (1898-1972), famoso per la sua produzione grafica e artistica di elementi geometrici e distorsioni strutturali letteralmente impossibili da riprodurre nella realtà, ma rappresentabili come immagini in un mondo bidimensionale.

Si soffermò in particolare su una immagine perché il libro, apparentemente nuovo, era stato aperto più volte in precedenza su quella pagina: mostrava un edificio composto da finestre e scale sottosopra, eppure graficamente seguivano una logica precisa, anche se infine il tutto diveniva un vero paradosso: una dimensione che porta a un'altra in una soluzione impossibile da attuare a causa della forza di gravità e delle leggi fisiche, che nell'universo di Escher parevano agire in modo differente.

Lo sguardo del fisico era fisso sull'illustrazione e tutti si chiedevano cosa vi fosse di così particolare.

«Ha trovato qualcosa di utile?» lo incalzò Jane.

Lui continuò a riflettere e impiegò un paio di secondi a rispondere.

«Mi chiedevo… Se anche questo libro fosse una traccia, un messaggio…?»

«In che senso?» domandò Darius aggrottando le sopracciglia.

«Nel senso che ci troviamo in una situazione anomala, i punti di riferimento normali sembrano non esistere qui. Le persone scompaiono, l'aereo vola nel nulla con bagliori lontani e quella dannata pioggia rosa e noi non riusciamo a dare un significato a questa esperienza... Però questo libro, a differenza del bagaglio e degli effetti personali dei passeggeri scomparsi, è rimasto qui. Questa immagine, anzi l'intero libro, parla di dimensioni alternative in cui gli strati di due o più realtà si sono fusi delineando strani universi compenetrati. Mi chiedo se non sia un messaggio preciso... Fondamentalmente qui ci sono persone che scendono e salgono scale in direzioni non possibili nella nostra normale consuetudine. Ora, supponendo di trovarci in una bolla di realtà differente, le cose non stanno come nel nostro universo solito. Se è così anche le condizioni dell'aereo potrebbero essere mutate, e non solo dell'aereo... quelle del cielo, dell'atmosfera in cui stiamo volando.»

Darius, esasperato dalla situazione e soprattutto dalla perdita del contatto con il suo solito mondo, reagì con rabbia: «Ma che diavolo sta dicendo? È impazzito? Ci deve essere una spiegazione logica e semplice!»

Lee lo guardò con un sorriso amaro: «*Una volta eliminato l'impossibile, ciò che rimane, per quanto improbabile, deve essere la verità...*»

«Come?»

«Sherlock Holmes, è una citazione da un racconto di Conan Doyle. Purtroppo non ho altre spiegazioni.»

Darius si allontanò di alcuni metri, camminando su e giù per il corridoio, scorrendo i posti vuoti e scuotendo la testa.

Il suo modo di allentare la tensione e di prendersi una piccola pausa di riflessione.

Jane approfittò della sua momentanea assenza e chiese al fisico a bassa voce come potesse un personaggio di un racconto esser lì di fronte a loro, interagire e parlare come se fosse una persona vera. L'assurdità di quella situazione era che tutto sembrava perfettamente normale, reale, tuttavia non poteva esserlo, eppure...

Jeremy Lee non poteva dare una risposta adeguata, mancavano dati importanti che tuttavia piano piano durante la loro indagine sembravano emergere da soli anche grazie al notebook. Tentò di riassumere l'intera storia, e mentre lo faceva spiegò che erano come intrappolati in un paradosso.

«Ma siete tutti folli?» Darius aveva ascoltato buona parte della conversazione seppure si trovasse a qualche metro di distanza. «Basta! Michelle, andiamo a prendere quegli oggetti che diceva ed entriamo nella cucina a vedere cosa sta succedendo.»

Un silenzio di gelo calò sul gruppo.

«Che vi succede?» gridò sorpreso l'uomo passandosi una mano tra i capelli.

I tre lo fissarono atterriti: Michelle aveva parlato di prendere dei supporti dei carrelli portavivande che potevano fungere da armi, che si trovavano in un vano presso la cabina di guida, ma lo aveva fatto nel racconto, lei ricordava bene di non averlo mai detto. Lo avevano letto nelle pagine che si erano generate da sole. Come poteva Kirby averlo sentito? E se anche lui avesse già vissuto le esperienze che avevano letto, non aveva mostrato di conoscere già loro tre quando si erano incontrati.

«Mio Dio, le cose stanno precipitando» disse Lee. «Sembra che la fiction e la nostra realtà siano sempre più vicini generando confusione… È come se fossero due dimensioni di realtà completamente differenti che si avvicinano. Comunque direi di non separarci e di andare tutti insieme verso la cabina di guida a prendere quegli oggetti.»

«Buona idea. Faccia strada, hostess.» Kirby sembrava sul baratro emotivo di una crisi, la sua espressione, così insolitamente maleducata anche per lui, quasi un comando, fu lanciata sul picco di quell'onda emozionale.

Michelle ruppe l'esitazione e decise di uscire dall'impasse generata dal paradosso: «Va bene, venite con me.»

La donna si avviò sicura lungo il corridoio e in breve raggiunsero l'area dietro la porta della cabina di pilotaggio: chiusero la tenda per ottenere un po' di privacy, anche se Michelle pensò che non ve ne fosse bisogno visti i pochi passeggeri rimasti sul volo. Poi il suo sguardo cadde sulla porta della cabina di guida.

«Che stupida sono stata, avrei dovuto avvertire subito il capitano invece di farmi prendere dalla paura…» pensò tra sé, e come cercando una tranquillità che non trovava aprì la porta, confidando di scorgere i colleghi responsabili del volo. Quello che vide la fece impallidire. Darius gettò al vento un'imprecazione, Jane si sentì mancare il respiro mentre il professor Lee faticò a rimanere in piedi sentendo tremare le gambe.

Sulle iridi tremanti e lucide della hostess si specchiò una

cabina di pilotaggio completamente vuota, con tutti gli strumenti accesi e funzionanti: la radio emetteva scariche gracchianti, le cloche sembravano funzionare, come tutto il resto.

«Mio Dio! Scomparsi!» esclamò Michelle con un filo di voce e le mani sul viso.

Entrarono nella cabina per cercare qualche elemento utile a dare una spiegazione alle loro domande ma non trovarono nulla di strano. Michelle indossò le cuffie, armeggiò sulla radio settandola sui 121.5 MHz, il canale di emergenza dell'aviazione civile: «*Mayday. Mayday.* Qui volo BA9941 in rotta da Londra Heathrow a New York. Siamo in grave emergenza. Rispondete, prego.»

Le frequenze risposero con uno sconfortante rumore bianco di fondo; Michelle riprovò: nessuno rispose. Tentò altri canali ma con il medesimo risultato. Infine, in preda allo scoraggiamento, appoggiò la cuffia sul sedile.

Darius non riusciva a credere a ciò che stava osservando: i finestrini, rigati da gocce di densa pioggia rosa, mostravano una distesa buia con qualche bagliore improvviso che sembrava illuminare minime porzioni di nulla in lontananza. Non vi era niente che si potesse osservare, né sopra né sotto il velivolo. Eppure tutto sembrava funzionare normalmente.

«Cristo santo! Nessuno alla guida dell'aereo! Ci schianteremo da qualche parte!» disse tra i denti.

Michelle verificò con sollievo che l'autopilota fosse attivato, evidentemente qualcuno lo aveva fatto prima che l'equipaggio scomparisse.

«Non è questo il nostro problema primario. L'autopilota è inserito e tutto sembra funzionare a dovere, l'aereo è in grado di reagire autonomamente a ostacoli o altro che si dovessero presentare. Solo... nessuno risponde alla radio. Forse sono scomparsi tutti sulla Terra.»

Questa prospettiva raggelò tutti. Il professor Lee tuttavia si rifiutava di accettare supinamente quella assurda situazione. Cercava soluzioni, opzioni B o C, ma non ve n'erano. Non c'era nulla con cui combattere. Era rimasta una sola cosa da fare.

«A questo punto suggerirei di procurarci quei supporti e andare a vedere cosa succede in quella cucina» disse rivolto alla hostess. Michelle annuì con un cenno del capo, uscì dalla cabina e trovò il vano in cui erano riposti alcuni tubi lunghi una cinquantina di centimetri e li diede ai compagni. Lee faticava a tenere in mano il notebook; controllava il racconto ogni tanto ma non era apparso nulla di nuovo.

Si recarono davanti alla cucina: era rimasta solo quella possibilità e avere un obbiettivo focalizzava la loro mente su un punto unico, un aiuto in una situazione a un passo dalla follia. Mentre si avvicinavano Lee diede un'occhiata all'orologio da polso, poi si fermò a osservare il display del computer, nell'angolo in basso a destra dove vi era l'orario.

«Jane che ore fa il suo orologio?»

La donna controllò e notò che si era fermato ad almeno un'ora prima; non poteva essere passato così poco tempo dall'ultima volta che lo aveva controllato, erano accadute talmente tante cose che almeno un'ora doveva essere trascorsa. Tutti verificarono lo stesso fenomeno che aveva luogo in qualunque orologio, anche quello sui monitor dei sedili.

«Come se il tempo si fosse fermato…» mormorò Lee la cui attenzione fu catturata dal video del notebook: fece scorrere una pagina del racconto.

Jane se ne accorse e gli si avvicinò: «Signor Lee, è comparso qualcosa?»

«Sì.»

Tutti vollero leggere: si trattava di un breve brano con la descrizione degli ultimi minuti trascorsi, le stesse scoperte, gli stessi dialoghi. Quando Darius lesse il suo nome trasalì. A questo punto, ritennero di dovergli spiegare ogni cosa: non vi erano motivi particolari per impedirglielo, tutti furono d'accordo nel lasciarglielo fare e lui volle leggere l'intero racconto.

Kirby cominciò a leggere dall'inizio: era in preda a una agitazione notevole, tentava di non farlo vedere ma man mano che procedeva nella lettura avvertiva un senso di nausea e le gambe tremare. Infine alzò lo sguardo verso i tre.

«È impossibile: è il diario di quanto mi è accaduto un giorno fa e che ha sconvolto la mia esistenza. Così adesso sapete anche voi del motivo per cui sono su questo aereo.»

«Sì» rispose Jane, «faceva parte di un racconto che avevo scritto anni fa. Poi però ha cominciato ad apparire del testo autonomo spostato avanti nel tempo di qualche minuto rispetto a noi. Questa ultima parte però è apparsa dopo essere avvenuta nella nostra realtà.»

Lee confermò: «Penso che la mia prima ipotesi si stia verificando, è come se mentre ci avviciniamo a un momento particolare la trama del racconto e la nostra realtà, dopo essersi incontrate su questa rotta e su questo aereo, si stiano mescolando fino a che non si capirà più la differenza.

Darius non sapeva decisamente come sentirsi: dopo aver letto tutto il testo sul display si sentiva impaurito per quella situazione assurda, non trovava alcun appiglio ragionevole a cui rifarsi per cercare di dare una spiegazione a quanto stava avvenendo. Inoltre era imbarazzato perché il racconto aveva messo a nudo completamente le sue debolezze come essere umano: si era visto allo specchio per la prima volta, scoprendosi molto peggiore di quello che pensava. Ma se avevano letto il racconto, tutti comunque sapevano che lui era innocente e quindi non aveva nulla da temere. Fu il pensiero successivo a destabilizzarlo completamente: ma allora la sua vita era solo un romanzo scritto da un'altra persona che stava vivendo consapevolmente un racconto più grande che conteneva il suo? E chi aveva scritto il romanzo più grande? Ma... se le cose stavano così la sua vita, come le loro, era solo un bluff? Eppure lui era certo di averla vissuta pienamente, consapevole delle decisioni che aveva preso per renderla ciò che era. Condivise questi pensieri con gli altri. Ma era troppo per Darius Kirby, era troppo per chiunque. Alzò gli occhi verso Jane e vi lesse la sua stessa paura:

«Ma chi siamo noi?»

La scrittrice scosse la testa nervosamente; non riuscì a proferire una sola parola. Ma confidava nella apparente saggezza del professor Lee che sembrava l'unico in grado di interpretare segni scomposti e riunire le tessere di un puzzle complesso e confuso. In fondo la matematica era il linguaggio universale del cosmo in tutte le sue manifestazioni e questo offriva un minimo di speranza.

Lee le strinse il braccio come per darle il conforto di cui anche lui aveva bisogno: «Non so cosa stia accadendo, però posso dire che l'universo, la Terra, le nostre vite, i cicli biologici, tutto è regolato da leggi precisissime e schemi predeterminati, modelli fisici che ricorrono continuamente, ed esiste una logica anche nello schema più illogico. Solo che in alcuni punti del cosmo, come i buchi neri o i ponti spazio-tempo, vigono leggi diverse che ancora non conosciamo bene, ma sono sempre leggi. Il caos in realtà non esiste, è come se gettassi una manciata di biglie rosse sul pavimento: se avessi tutti i dati potrei risalire alle forze che hanno determinato la loro posizione. Ogni biglia non si trova lì per caso ma ha seguito delle leggi precise che ne hanno determinato la posizione.»

Darius lo ascoltò con attenzione, poi rifletté: «Sì, ma la mano che ha gettato le biglie è la sua. E nell'esempio che ha fatto ha agito consapevolmente, con uno scopo, farci comprendere un dato di fatto.»

Michelle, facendosi carico della forte tensione emotiva di tutti, esclamò: «Ma… se quello che chiamiamo caos è la mano di qualcuno che fa questo con uno scopo preciso, non casuale, mi chiedevo… E se fossimo tutti noi ad essere personaggi di un racconto? Per il Signor Kirby, che non sapeva di essere anche un personaggio di fantasia della signora Keys, tutto è reale, e sta vivendo nella sua dimensione normale. Proviene da un racconto scritto da Jane eppure adesso è qui e parla con noi. E se fossimo anche noi ad essere personaggi di un dramma?»

La scrittrice la seguiva con la mente lucida a causa delle continue scariche di adrenalina: «Mio Dio, come nel metateatro, attori che impersonano personaggi che divengono consapevoli del loro ruolo e del pubblico che li guarda…»

«E chi avrebbe scritto questo copione? È lei la scrittrice...» la incalzò Michelle.

«Ma in questo caso anche la scrittrice è stata ideata da qualcun altro. Come in un gioco di scatole cinesi, un racconto dentro l'altro...» Jane si sentiva sempre più confusa.

Tutti si fermarono a riflettere per qualche istante. Poi il fisico aggrottò le sopracciglia, e si decise a parlare.

«In effetti, Jane, Darius è un suo personaggio che è nato, ha vissuto la sua vita e gli ultimi eventi lo hanno portato a contatto con la nostra esistenza. Tuttavia il computer mostra chiaramente che la parte di storia che stiamo vivendo ora non l'ha scritta lei. Eppure fa parte di un suo vecchio racconto, o meglio è il seguito di un racconto lasciato incompiuto. Ecco, io sospetto che in qualche modo siamo entrati in una sorta di modello di Escher, cioè un'area del nostro universo in cui le dimensioni non sono più quelle consuete ma si mescolano a quelle di un altro universo. Due realtà si stanno amalgamando e interagiscono nello stesso momento, come questa immagine di Escher in cui le persone scendono e salgono scale che non possono esistere, ma per chi le percorre sembrano normali, fino a che non incontrano altri che vivono nella loro dimensione con differenti orientamenti. E nel momento del contatto, il tempo, come abbiamo appurato dai nostri orologi, sembra fermarsi. Eppure, pensandoci bene... sembra che vi sia un punto comune in tutto questo.»

Jane lo fissò, percependo che quello che stava per sentire non le sarebbe piaciuto. «Cosa vuole dire?»

«È lei, Jane. Ci ha spiegato, quando ci siamo incontrati per la prima volta, che le persone che sono scomparse e con cui ha parlato rivestivano per lei una sorta di familiarità, come se le narrassero le sue stesse esperienze...»

Jane annuì: «Sì, nei dettagli differivano ma in linea di massima erano le stesse esperienze.»

«Tutto parte da lei: il racconto, le persone che le narrano la loro vita che in realtà sono episodi salienti della sua...»

Lee armeggiò con il cursore facendo scorrere il testo fino all'ultima riga e con sorpresa osservò una strana immagine apparsa alla fine: due mani, ognuna disegnava l'altra, uno dei disegni più famosi di Maurits Cornelis Escher.

«Questa non l'avevo vista perché era sulla pagina successiva che mi era sembrata vuota. Allora il testo ci aveva comunque preceduto di qualche minuto, con questa immagine...» I suoi occhi si aprirono all'improvviso: «Voglio vedere se...»

Si avvicinò al sedile che era stato del giovane Andrew cercando il libro di Escher e dopo averlo trovato dove lo avevano lasciato lo aprì cercando una pagina con lo stesso disegno; non dovette faticare molto, era quasi all'inizio, con un brano segnato a matita.

«Ma... qui c'è una parte sottolineata, evidentemente aveva un significato per il ragazzo, o forse per noi. Quando ho aperto il libro poco fa mi deve essere sfuggito.» Lee non riusciva a staccare gli occhi dalla pagina.

«Signor Lee, per favore, lo legga per tutti noi» lo incalzò Michelle.

«Certo. Dunque...

"ENTANGLEMENT E SINCRONICITÀ"

"Carl Gustav Jung riconosceva l'esistenza di fenomeni psichici particolari che denominò 'coincidenze significative': queste avevano luogo per esempio quando si pensava a un amico lontano e proprio in quel momento questo amico chiamava al telefono. Alcune di esse erano talmente circostanziate da far pensare a una coincidenza legata a un significato preciso, non casuale, come quando Jung stava prendendo appunti sul sogno che una sua paziente gli stava raccontando riguardante un particolare tipo di coleottero ed ecco che proprio quel coleottero entrò in quel momento dalla finestra.

Lo psichiatra elaborò la teoria secondo cui questi eventi senza alcun collegamento causale si attraggono tra loro come calamite perché connessi a un livello più profondo della normale realtà della vita, come se fossero parte di due universi distinti che venivano in contatto in quel momento.

*Jung approfondì questa tematica dal 1932 grazie al padre della Fisica quantistica Wolfgang Pauli che all'epoca era suo paziente. Dall'incontro di queste due menti straordinarie nacque il concetto di Sincronicità, la teoria secondo cui due eventi sincronici, che non rientrano nelle normali coincidenze e che avvengono nel medesimo istante, siano correlati a un livello più profondo. Essi rientrano nel tipo di comportamenti descritti dalla fisica quantistica, come l'*Entanglement: *una particella è in grado di* *influenzarne un'altra, istantaneamente anche se molto distante da essa, un fenomeno verificato e provato in laboratorio.*

*Gli eventi che rientravano nelle coincidenze significative sono quindi connessi e possono influire uno sull'altro come suggerisce l'*Entanglement.

Questo permise a Jung e Pauli di cominciare ad intravvedere uno schema, una sorta di matrice nel caos, come se fosse l'evidenza di un disegno intrinseco alla realtà a più livelli: esso segnala l'esistenza di un ordine comune, che collega ogni elemento dell'universo."

———

Lee fece una pausa per raccogliere le idee: era profondamente colpito, quel testo sottolineato era senza dubbio una nuova tessera di quel puzzle così complesso e allo stesso tempo affascinante.

«Professore, può tradurre in parole semplici?» gli si rivolse Darius.

«Sì, scusatemi, stavo pensando che... beh, tutto questo non può essere un caso.»

«In che senso?» gli fece eco Michelle.

«Nel senso che questa sembrerebbe essere un'altra traccia, come lo è il testo del racconto al computer. Sembra un suggerimento su come procedere con la nostra ricerca. Ma non so dire chi sia a inviarlo, né perché... Ad ogni modo, per rispondere alla sua domanda, signor Kirby, Pauli e Jung unirono fisica quantistica e psichiatria nel concetto di Sincronicità: a volte avvengono eventi curiosi classificati come semplici coincidenze, altre volte quest'ultime sono talmente incredibili che possono rientrare in quei casi anomali che Jung chiama *coincidenze significative*. Il *déjà-vu* può essere una di queste. Come la fisica riconosce l'esistenza di molte più dimensioni e universi di quelli che vediamo, così Jung ipotizza che eventi come quelli di cui stiamo parlando abbiano luogo quando questi universi vengono a contatto. È qualcosa che sta dietro alla nostra realtà, come un palcoscenico dietro al palcoscenico. Lo chiamarono *Unus Mundus* e aveva in qualche modo a che fare con la Metafisica.»

Darius, profondamente disturbato dalla mancanza di coerenza di quella situazione e dall'apparente assurdità della spiegazione del fisico, non riuscì a trattenersi: «Ma è folle!»

Lee lo guardò sorridendo, ma tornò subito serio: «Già… come altri concetti della fisica quantistica, apparentemente folli ma provati e verificati in laboratorio. La Sincronicità spiega eventi altrimenti impossibili da spiegare. In pratica viviamo in una realtà molto più complessa di quanto si credeva. Se Einstein ha esteso ed allargato la fissità della fisica newtoniana a livelli realmente impensabili prima di lui, Pauli – il padre della fisica quantistica – e i suoi colleghi hanno esponenzialmente esteso la fisica di Einstein e i suoi limiti a concezioni talmente vaste da estendersi a dimensioni sconosciute e a leggi al momento sconosciute. La nostra realtà normale agisce secondo la legge di causa-effetto ma a volte accadono coincidenze acausali, cioè che non rispettano questa legge, ne seguono invece altre che legano a un livello differente più universi o dimensioni. Una porta su un orizzonte talmente vasto da far venire il mal di testa. Addirittura questi fenomeni e la loro controparte reale, se osservati da una prospettiva globale potrebbero assumere la forma...» fece una pausa osservando un'immagine che era evidentemente apparsa poco prima sullo schermo del computer.

«La forma di questo.»

Lee indicò l'immagine sul monitor ma vide e mostrò anche la stessa immagine sul libro, situata poco dopo il testo che aveva letto.

«Questo è il cosiddetto *Anello di Moebius* su cui camminano le formiche nel celebre disegno di Escher. Ha una particolarità: a differenza di un nastro normale le formiche non camminano solo sulla superficie superiore o su quella inferiore: camminano su entrambe passando semplicemente da una all'altra. Esistono e vivono in entrambe le dimensioni. E una l'una o l'altra dipendono dal punto di osservazione.»

Nonostante la tensione, Michelle si sentiva terribilmente attratta e incuriosita da quella che poteva essere l'unica spiegazione a quanto stava accadendo: «Noi... siamo formiche che si stanno muovendo in due realtà contemporaneamente?»

«Esattamente, e a dire il vero la Sincronicità ci suggerisce che non solo potremmo trovarci in uno dei punti di contatto di due o più realtà possibili, dove lo spazio-tempo usuale perde di significato, ma addirittura potremmo essere in una rappresentazione-specchio di una realtà completamente differente: ovvero noi abbiamo vissuto sempre la nostra vita normale in un mondo che ci sembrava l'unico ad esistere, mentre ci rendiamo ora conto di essere in realtà attori inconsapevoli, che stanno ottenendo consapevolezza di recitare una parte e che esiste un altro palcoscenico dietro a questo, o meglio un'altra realtà a cui apparteniamo contemporaneamente. E la vera realtà potrebbe essere l'altra. Dipende da come le vediamo, dal punto di osservazione.»

«Quindi fino ad ora avremmo vissuto come un sogno, per quanto reale, mentre la vera realtà è tutt'altro, solo che non ne siamo consci? Sembra tutto così assurdamente reale...» Michelle faticava a non farsi prendere dal panico.

«È esattamente questo: *assurdamente reale*, è un paradosso che non si spiega se non accettiamo la spiegazione di Jung e Pauli: due situazioni completamente opposte ma vere e reali nello stesso momento che interagiscono influenzandosi l'un l'altra. Non so se sia quella giusta ma al momento è l'unica ipotesi coerente che abbiamo... e ci è stata suggerita sia dal racconto che dal libro.»

«Ma che diavolo sta dicendo?» lo interruppe stizzito Kirby. «Staremmo vivendo una realtà finta, come in Matrix? Io ricordo bene la mia vita. *Io penso, ricordo tutto quello che mi è accaduto fin da bambino, il mio lavoro, tutto, e quindi esisto.*»

«Io... non so cosa dirle, questi sono i fatti: lei è un personaggio reale di un racconto scritto anni fa dalla signora Keys che si scrive da solo, e lo stesso si può dire di noi. La gente scompare, seguiamo una traccia che ci porta a questa spiegazione, l'unica a dare un senso ad ogni cosa. Penso dunque esisto, *Cogito Ergo Sum*: è la spiegazione del filosofo settecentesco René Descartes nel suo *Discorso sul metodo*. Lei come lui sta cercando una risposta sicura al dubbio radicale: dubitiamo della realtà? Lo stesso atto del dubitare implica che vi sia una mente pensante che dubita. Beh, se penso-allora-esisto, se le cose stanno proprio in questo modo, il dubbio si scioglie e questa rimane l'unica confortante realtà certa. Semplice e logico, come la fisica newtoniana. Ma l'universo è molto più complesso di quello newtoniano, e quell'affermazione non basta più. Non basta a spiegare quello che ci sta accadendo. È vero che siamo senzienti e consapevoli ma potremmo esserlo anche nel racconto di un romanziere, o nel sogno lucido di qualcuno. In realtà serve una spiegazione più profonda, multilivello. E l'unica che al momento spieghi tutto è la Sincronicità. Rimane da capire la motivazione di tutto questo.»

«Sembra tutto un incubo...» sospirò Jane scuotendo la testa.

Lee aggrottò la fronte: «Sì, ma è quello che stiamo vivendo, e ne siamo consci, è come un incubo lucido... Dobbiamo proseguire la nostra ricerca.»

«Come?» A Jane pareva di essere giunta a un punto morto: era fortemente provata da quella situazione, le sembrava di camminare a piedi scalzi nel buio, faticava a ragionare razionalmente.

«Beh, abbiamo percorso tutto l'aereo, fino alla cabina di pilotaggio: l'unica parte che non abbiamo esplorato è la cucina di bordo, dove sembrano essere andate molte delle persone che non riusciamo più a trovare. Non rimane molto altro da fare, dobbiamo entrare lì». Lee era a suo modo confortante, con la sua voce apparentemente così tranquilla e saggia, che trasudava anni di studio ed esperienza e i modi sempre così gentili. Ma soprattutto era l'unico che riusciva a riunire elementi discontinui e disgiunti tra loro, come perle di una collana cadute a terra. Era una strana collana, ma evidentemente le perle dovevano essere raccolte in quel modo, indizi che mano a mano prendevano posto su un filo.

«Sì, certo, è giusto. Andiamo, non perdiamo altro tempo!» esclamò Darius agitando il suo tubo.

Michelle lo guardò, vagamente intimorita: quell'uomo le pareva isterico, e non aveva alcun desiderio di fargli da balia: nonostante conoscesse la sua storia e sapesse che non aveva commesso alcun crimine, a pelle gli suscitava una decisa antipatia. Ad ogni modo era d'accordo con gli altri, dovevano andare verso il locale cucina, anche se non riusciva a capire come esso potesse contenere così tante persone.

Michelle fece strada e in breve si trovarono a poca distanza dalla porta d'ingresso: Lee si fermò di colpo e con un braccio bloccò la strada agli altri.

«Fermatevi!»

Il gruppo assecondò il fisico che fece loro segno di prendere posto e stare zitti, indicando poi un paio di persone che si avvicinavano. Si sedettero e tenendosi nascosti osservarono un uomo anziano che avanzava con fatica appoggiandosi ai sedili; percorse buona parte del corridoio, poi aprì la porta del locale cucina e vi entrò.

Darius seguì la scena con attenzione poi in preda a un'agitazione che cresceva sembrò volersi alzare: Lee gli fece cenno di sedersi e di non parlare. Obbedì stringendo con due mani il tubo metallico e seguì di nascosto pochi attimi dopo anche una ragazzina sui tredici anni, con occhiali e uno zaino scolastico sulle spalle, entrare da sola nel minuscolo locale cucina.

I quattro si guardarono l'un l'altro, poi, dopo aver attentamente controllato che nessuno fosse in arrivo, decisero di entrare. Michelle diede uno sguardo al finestrino più vicino subito imitata da Jane: nulla era cambiato, bagliori di luce in lontananza sembravano illuminare qualcosa spegnendosi un attimo dopo, come la luce di un fulmine. La pioggia, densa e intermittente, continuava a spandersi sui finestrini in lunghe righe rosate per poi evaporare, mentre i motori, fece notare Michelle, funzionavano normalmente con il caratteristico rumore di fondo come avevano fatto dalla partenza, spingendo il grosso aeromobile sul nulla più assoluto.

Lee fece cenno alla hostess che la via era libera: lei si alzò dal sedile, con il tubo in mano tenuto in basso lungo il fianco, cercando di sembrare il più naturale possibile. Si avvicinò alla porta seguita dagli altri e la aprì con cautela, allungando la testa per dare uno sguardo prima di entrare. Scrutò con attenzione il minuscolo locale cucina, e non trovando nessuno fece entrare il gruppo.

Si trattava di un'area di pochi metri quadrati, più simile a un corridoio con ai lati innumerevoli vani chiusi da sportelli, alcuni con serratura. In mezzo si trovava uno spazio che fungeva da piano di lavoro, con bottiglie di vino, bicchieri e alcuni piatti: vi era inoltre un carrello portavivande, un bollitore e altri dispositivi comuni a tutti gli aerei di linea per voli transoceanici.

«Ma... non c'è nessuno...» Darius lo disse con un filo di voce, più per l'insolito timore che provava che per la sorpresa.

Lee rifletté qualche attimo osservando la cucina in cui non vedeva nulla di strano, a parte l'assenza dei due passeggeri che vi erano entrati poco prima.

«Michelle, c'è un'uscita secondaria? O un corridoio che dà su un altro ambiente?»

La hostess stava velocemente verificando se vi fosse qualcosa di diverso dall'ultima volta che vi era entrata: non trovando nulla di strano rispose con una punta di sconforto nella voce: «No. La cucina ha un'unica porta di accesso e di uscita... Non ho idea dove siano andati quell'uomo e la ragazzina... È tutto una follia, *ma dove sono finiti?*» La giovane donna esercitava tutto il suo autocontrollo ma la tensione, insieme alla stanchezza, cominciava a farsi sentire.

Il fisico intervenne avvicinandosi: «Michelle, sia forte, vedrà che arriveremo a risolvere questo mistero: ci sarà pure una spiegazione, questo locale è minuscolo. Suggerirei di cercare qualcosa che somigli a un'apertura, una porta, o qualcosa di simile.»

Tutti si misero immediatamente al lavoro, verificarono ogni sportello, ogni piccolo pertugio, ma non trovarono nulla. Vi era anche una tenda che chiudeva un vano ma non sembrava esservi nulla dietro.

Infine smisero di cercare e si guardarono attoniti. Darius gettò il tubo che aveva ancora in mano per terra: «Maledizione, ma che diavolo sta succedendo? Gente che entra e sparisce, qui non c'è nessuno!» Poi si rivolse verso Michelle: «*Lei deve sapere dove sono andati! Lavora su questo aereo!*»

L'affermazione minacciosa di Darius fece scattare Lee: «Signor Kirby, stia calmo! Non farà altro che aggravare una situazione già seria. Ci sia invece d'aiuto mantenendo il controllo. E lasci stare Michelle, lei non può sapere nulla, come non lo possiamo sapere noi. Stiamo tutti tentando di capire qualcosa di questa assurda situazione, comportandosi così lei ostacola soltanto le nostre ricerche. Per favore, si calmi.»

Darius non replicò, era quasi intontito dal suo stesso stato emotivo e lasciò correre: in altri tempi avrebbe certamente ribattuto con forza ma si sentiva come svuotato di ogni energia, fisica e mentale.

Il silenzio che seguì diede modo a Jane di riflettere per qualche secondo su quello che il fisico aveva spiegato poco prima sul concetto di Sincronicità; le venne in mente un'applicazione che forse poteva essere utile e decise di condividerla.

«Signor Lee, lei ha detto prima che la fisica newtoniana, con la sua fissità, o rigidità, non basta a dare una spiegazione ai fenomeni complessi dell'universo.»

«Esatto» illustrò il fisico: «la fisica di Newton, pur nella grandezza della intuizione di un genio, appartiene fondamentalmente al 1600/1700 o poco oltre. Non basta a spiegare fenomeni naturali molto più complessi che si scoprirono due secoli dopo. E fu necessario l'apporto della fisica dei quanti per gettare un po' di luce sull'universo misterioso che ci stanno rivelando gli esperimenti degli ultimi decenni. Non che non sia più valida ma bisogna andare oltre.»

«Come Einstein è andato oltre Newton e Pauli oltre Einstein...»

«Esattamente.»

«Allora forse dovremmo applicare lo stesso principio: questa è una situazione completamente anomala e forse dovremmo vedere questa stanza come qualcosa di simile: non solo una stanza ma qualcosa di più, come un punto di contatto tra più realtà, come ci spiegava…»

Jane non possedeva una cultura prettamente scientifica, ma percepiva istintivamente l'impossibilità di risolvere quell'impasse con i normali processi cognitivi: lo sentiva intimamente, quasi fosse un'emozione fisica: era necessario compiere un passo oltre la logica.

Lee la guardò meravigliato: era vero, stavano cercando indizi e una pista che non trovavano seguendo un procedimento logico ma forse dovevano applicare un altro metodo… Solo che non aveva idea di quale fosse. Comunque, questa improvvisa intuizione della scrittrice gli diede un certo conforto, tutto considerato non sapeva più che fare: «Sì, Jane, ma… in che modo applicare una logica differente? Per cercare qualcosa dobbiamo fare quello che abbiamo fatto. E non abbiamo trovato nulla.»

«Penso che sia necessaria un'astrazione e fare un salto nel buio. Siccome il normale ragionamento non funziona in una situazione che normale non è, credo che dobbiamo vedere le cose in un altro modo… Il mio racconto sembra essere diventato reale, o viceversa, comunque questo è un fenomeno che esula dalla nostra realtà quotidiana e penso vada considerato in modo adeguatamente differente. Penso che comunque non sia la logica il problema, anzi non dovremmo lasciare il metodo scientifico di indagine; in effetti esso funziona sia nel caso di Newton che nella fisica di Einstein e anche per la fisica quantistica.»

Il fisico annuì: «Sì, è certamente così, il metodo logico è giusto ma quello che ci manca è adattarlo ai nuovi dati, apparentemente illogici, ma che in realtà seguono solo altre leggi di cui potremmo sapere poco o nulla. Comunque...» All'improvviso Lee si accorse di un movimento della maniglia della porta: «Zitti! Sta entrando qualcuno! Venite qui!» Indicò loro di riunirsi in un punto preciso lontano dalla porta. Tutti trattennero il fiato stringendosi nell'angusto locale mentre videro la porta aprirsi piano. Una donna giovane, seguita da un uomo della medesima età entrò e si diresse verso un angolo. Sembravano entrambi assorti, non diedero a Lee e agli altri nemmeno uno sguardo, come se non si fossero accorti che si trovavano lì.

Jane e Michelle si guardarono per un attimo muovendo solo gli occhi, poi osservarono ciò che accadde in quella manciata di secondi: i due passeggeri raggiunsero la parte opposta alla posizione di Jane e girarono dietro l'angolo scomparendo in un attimo.

«*Ma che...*» Darius non riuscì a continuare a causa della mano di Lee che gli chiuse la bocca.

«*Stia zitto, per carità. Non si muova. Vediamo che succede*» gli disse sottovoce il fisico. Darius si bloccò e fece un cenno affermativo con la testa.

Rimasero per un po' così, attendendo un rumore, un movimento, qualunque cosa, che non venne; infine Jeremy Lee, incuriosito, si avvicinò al punto in cui i passeggeri avevano girato e con sorpresa appurò che qualcosa era cambiato: «Ma... questa non c'era quando abbiamo controllato! O mi sbaglio?» esclamò rivolto agli altri.

Michelle esaminò l'area e constatò la presenza di una

porta oltre a un piccolo spazio aggiuntivo che non avevano notato prima.

«Non è possibile, questa è la zona cucina in cui ho preparato tante volte i pasti ai passeggeri e vi posso assicurare che non era così. Ho viaggiato su questo aereo anche la settimana scorsa facendo la stessa rotta, questo spazio non c'era. E nemmeno questa porta...» Passò la mano sulla maniglia ma prima di aprire guardò Lee.

«Aspetti» la fermò con gentilezza lo studioso. «Provo io, non si sa mai.»

Lee si avvicinò e con delicatezza aprì la porta, mentre Darius afferrava con due mani il suo tubo: si rivelò un ambiente piuttosto piccolo che Michelle riconobbe immediatamente, all'interno non vi era nessuno. «Questo è l'ascensore che è normalmente in funzione sui velivoli più grandi della flotta, ma non c'è mai stato su questo...»

Jane diede un'occhiata all'interno, esaminò la pulsantiera e si rivolse al gruppo: «Beh, non rimane molto da fare. Scendiamo?»

Tutti annuirono, ma Lee volle prendersi il tempo per riflettere su quanto era appena accaduto; stavano per prendere una decisione importante che li avrebbe portati chissà dove.

«Signora Keys, prima lei ha avuto un'intuizione interessante: quando non riuscivamo a trovare alcun indizio per continuare la ricerca ha suggerito di cercare un punto di vista differente, che rientrava nella visione offerta dalla fisica quantistica, secondo la quale è possibile che una situazione e un'altra versione di essa siano coesistenti nello stesso momento, e solo al momento in cui un osservatore guarda la scena essa assume l'una o l'altra forma. Ho potuto notare che solo dal momento in cui lei ha manifestato l'idea, o meglio la volontà di osservare la nostra situazione sotto un aspetto differente sono entrati quei due passeggeri. Penso che anche questo non sia un caso.»

Jane lo guardò perplessa: «In che senso?»

«Nel senso che è stata la sua intuizione a sbloccare l'impasse e a modificare la dimensione in cui stiamo vivendo ora: questo è un indizio, o meglio, un messaggio. Dobbiamo ricordarcelo, potrebbero esserci altre situazioni che vivremo tra poco in cui sarà necessario andare oltre la logica razionale a cui siamo abituati e pensare in più dimensioni, come ha suggerito lei. Ci vorrà il gatto di Schrödinger.»

«Come dice, scusi?»

«Mi scusi, stavo pensando a voce alta. Erwin Schrödinger era un fisico austriaco premio Nobel che contribuì molto allo sviluppo della fisica quantistica. Elaborò un paradosso noto come il gatto di Schrödinger, che potrebbe anche esserci utile.»

«Ah, non era il suo gatto, quindi...» sorrise forzatamente Michelle. Sull'aereo non vi erano gatti, comunque, continuò a pensare come se una battuta così leggera potesse smorzare la tensione.

«No, certo. È una sorta di astrazione mentale utile a comprendere alcuni aspetti della fisica quantistica. Egli immaginò un esperimento in cui un gatto veniva chiuso in una scatola in cui era presente un meccanismo in grado di far scattare o meno una trappola mortale a gas velenoso (o radioattiva a seconda delle versioni). Vi è il 50% delle possibilità per l'animale di vivere o morire. Secondo Schrödinger finché la scatola rimane chiusa il gatto rimane in uno stato di indeterminazione, cioè può essere vivo e morto nello stesso tempo. Ma aprendo il coperchio questa ambivalenza si risolve, e quindi siamo noi, con le nostre scelte, a determinare il destino del gatto. In pratica è l'osservazione che cambia le cose.»

«Ma come si applica questo esperimento a noi?»

«Vede» continuò il fisico tenendo d'occhio la maniglia della porta, «il paradosso del gatto di Schrödinger ha delle implicazioni filosofiche incredibilmente profonde. Il gatto può essere allo stesso tempo in stato di vita o in stato di morte, vi sono stati opposti che coesistono in universi paralleli che non interagiscono. Ma la sincronicità era un'interessante via per collegare un universo a un altro. Potrebbe essere sia la spiegazione che la via d'uscita. E chiarisce anche molte altre cose anche in campi differenti come fenomeni che includono la nostra mente, anche di tutti i giorni. A volte si pensa a qualcuno che non si vede da anni ed ecco che il telefono suona, altre volte si prova un déjà-vu.»

Nonostante la forte apprensione, quella spiegazione poteva salvare loro la vita e tutti ascoltarono con attenzione, mentre rimanevano in allerta. Jane seguiva attentamente anche perché le erano capitati spesso eventi del genere e si era posta varie domande al riguardo.

«Vuole dire che la fisica quantistica e la possibilità di vivere in dimensioni differenti coinvolge anche la nostra vita?»

«Certamente. Jung si era convinto che queste coincidenze, come un déjà-vu, o altre simili, fossero collegate a un livello più profondo; un po' come pinnacoli ghiacciati che emergono dal mare potrebbero apparire elementi singoli e si rivelano invece parte dello stesso iceberg quando si osservi più in profondità sotto la superficie dell'acqua. Pensava per esempio che l'umanità avesse creato un'enorme biblioteca comune in cui risiedevano i simboli più antichi, che chiamò archetipi. E le menti sarebbero collegate. Come tutto nell'universo è collegato.»

«In che senso? Sta parlando della forza di gravità, che agisce dovunque?» Le poche reminiscenze di fisica di Darius faticavano ad entrare in questo puzzle multidimensionale.

«No. Sto parlando di qualcosa di talmente profondo da sconvolgere qualunque concezione l'umanità abbia appreso. Pensi solo al concetto di *Entanglement*, o *Correlazione Quantistica*: due particelle subatomiche inizialmente interagenti vengono poste a grande distanza l'una dall'altra e continuano ad essere correlate, quello che accade ad una si osserva anche nell'altra: in vari laboratori si è confermato sperimentalmente questo evento che va oltre ogni orizzonte, è come se fossero la stessa particella. Come due gemelli che avvertono la morte del padre pur essendo separati da lui e tra loro o che compiono le medesime scelte nella vita. L'*Entanglement* ha implicazioni molto profonde che arrivano a toccare ognuno di noi, anche nelle nostre credenze più radicate.»

«Cosa intende dire?»

«Questo potrebbe spiegare per esempio come sia possibile, per chi crede, che Dio ascolti tutte le preghiere istantaneamente; essendo tutti legati a un livello enormemente profondo si è tutti uno solo e diversi nello stesso momento. Non vi è più distanza da coprire. Non vado oltre perché pur trattandosi di argomenti affascinanti potremmo fare danni giungendo a conclusioni errate: infatti conosciamo talmente poco su queste cose che proiettare la mente in illazioni sulla base della sola logica in campi in cui la logica classica ha poco a che fare probabilmente ci porterebbe fuori strada molto presto.»

Kirby rifiutò quel genere di pensieri, non gli interessavano affatto e non pensava che parlare di Dio fosse una buona idea in quella situazione.

Michelle era sconvolta, le sue barriere psicologiche stavano vacillando: non riusciva a comprendere bene, ad ogni modo tentava di reagire come aveva sempre fatto, in modo professionale e senza dimostrare i suoi veri sentimenti. Era l'unico modo per lei di rimanere aggrappata a una logica che percepiva come la sola via per salvarsi, o almeno così le avevano insegnato, ma quello era un frangente completamente diverso da qualunque cosa avesse mai incontrato.

Jane, da parte sua, aveva più volte esplorato situazioni anomale, drammatiche, difficili, sia nella vita che nei suoi libri, era stata a contatto con le mostruosità e le metamorfosi della mente umana, nei suoi personaggi, che erano parte di lei, ma anche nelle lunghe terapie psichiatriche nella clinica del Buckinghamshire. Aveva più volte fatto un passo oltre la soglia e ciò che aveva visto non le era piaciuto affatto, ma solo perché non capiva né si rendeva conto allora che il dolore che una madre prova nel dare alla luce il suo bambino è solo il preludio di una nuova grandiosa avventura che dà origine, se vissuto bene, alla gioia di un nuovo nato. E poi tutto il male sarebbe passato in un attimo quando avrebbe tenuto suo figlio sul petto. E il bambino, che piangeva mentre intorno tutti erano felici di vederlo, non poteva sapere che se fosse rimasto nel suo comodo alveo dove aveva vissuto protetto per nove mesi sarebbero morti lui e la madre.

Jane sorrise; in effetti quella situazione le ricordava sempre di più le storie della serie *Ai confini della realtà* che le facevano paura ma allo stesso tempo la attraevano tanto da bambina, con la differenza che dopo una vita di esperienze, viaggi, conoscenze, aveva appreso abbastanza per offrire una visione completamente nuova, positiva. Era ciò che le permetteva di vivere quel momento così insolito con una certa positività e ne era sollevata, come se tutto l'addestramento psicologico del passato in qualche modo avesse germinato e prodotto un frutto che poteva ora assaggiare e gustare in maniera differente dagli altri. E sperava potesse aiutarla a non impazzire. Sull'onda di questi pensieri guardò Lee con ammirazione e gratitudine; era l'unico a riuscire a unire i puntini e a riconoscere uno schema, per quanto nebuloso. Gli sorrise.

Lee rispose allo stesso modo, poi il suo sguardo seguì Michelle che esaminava la pulsantiera ma aveva una strana espressione e scosse la testa.

«Tutto bene, Michelle?»

La giovane donna lo guardò con una certa apprensione: «Non so... È un ascensore, come nei velivoli più grandi. Ma quando siamo saliti su questo aereo non c'era. E anche più tardi, io e le mie colleghe siamo entrate varie volte per preparare il trolley con le bevande calde e gli spuntini. Non c'era prima di adesso. Ma come è possibile?»

Lee la guardò con un sorriso forzato: «Mia cara, il possibile in questa situazione lascia ampio spazio all'impossibile, sembra che di nuovo le dimensioni siano cambiate.»

«Come nei disegni di Escher...» aggiunse Jane

Il fisico volse la testa verso di lei: «È vero. È così: siamo in una situazione simile, in cui più dimensioni si intersecano per creare qualcosa di differente, e come dice Jung negli eventi di sincronicità i punti di contatto sono vere e proprie vie di accesso ad altre realtà, non meno reali della nostra, solo diverse.»

La hostess esaminò l'interno e verificò non vi fosse nulla di pericoloso, poi si rivolse al gruppo: «Forse qualcuno di noi dovrebbe scendere con l'ascensore: la pulsantiera indica solo il piano inferiore e il nostro.»

Lee sconsigliò al gruppo di dividersi, a quel punto era meglio rimanere uniti, non sapevano cosa avrebbero trovato al piano inferiore e allo stesso tempo non avevano idea di cosa sarebbe accaduto alla cabina dove si trovavano in quel momento, anche se sapevano che avrebbero perso tutti i passeggeri.

Dopo una breve consultazione tutti furono concordi nell'esplorazione del piano inferiore: d'altra parte era in questa direzione che spingevano gli indizi trovati fino ad allora, fece notare Jane. Entrarono quindi nell'angusta cabina e Michelle premette il tasto di discesa: la cabina si mise in moto con un ronzio e pochi attimi dopo con un leggero movimento giunsero a destinazione.

Curiosamente, mentre scendevano, Jane notò che il tasto del piano superiore era scomparso: ciò intimorì tutti perché significava che non avrebbero avuto la possibilità di tornare indietro, se mai ci fosse stato ancora qualcosa o qualcuno in quell'aereo. Ne discussero in poche nervose battute e Lee concluse che poteva trattarsi dell'applicazione del paradosso del gatto di Schrödinger: con la differenza che erano loro, invece del gatto, nella scatola.

«Sembrerebbe essere così: l'ascensore esiste in due stati: piano superiore o piano inferiore. Una volta scelto di vedere cosa c'è al piano inferiore è come aprire il coperchio: se prima erano verificabili due stati simultaneamente ora è possibile soltanto una delle due opzioni. Non so se sia una interpretazione corretta, ma è l'unica che mi viene in mente.»

Le sue parole lasciarono tutti interdetti: ma Lee continuò affermando che qualunque fosse il motivo della scomparsa del pulsante non c'era altra via, dovevano andare avanti.

Michelle trasse un respiro profondo e aprì: Darius stava dietro tutti, appoggiato alla parete della cabina con il tubo pronto a colpire, mentre Lee, ansioso di vedere cosa vi fosse dietro la porta, fu il primo ad uscire. Con la mano spinse in avanti la porta rivelando qualcosa che non si sarebbero mai aspettati.

Cap. 6
UN ALTRO TEMPO,
UN ALTRO LUOGO

Volo 9941 da Londra Heathrow a New York
Data: Non disponibile
Ora: Non disponibile

"Il tempo è una lingua di fumo che si disperde nell'aria: mentre cerchiamo di comprenderne la forma essa è già cambiata, quando cerchiamo di chiuderla in un contenitore per poi etichettarla, essa ha già mutato stato: il tempo fugge, si trasforma, si dilegua, si rivela lentissimo e dinamico, statico, inerte e vivo e veloce insieme. Il tempo non è quello che è, ma è quello che osserviamo essere, e muta a seconda del nostro punto di vista e del nostro stato emotivo.

Il tempo è una chimera emotiva, mostruoso animale ibrido dal respiro di fuoco, incarnazione della vanità dell'essere e dell'impossibile tentativo di afferrare una verità dalla consistenza di fumo fatta di altre realtà e che diviene a sua volta una nuova dimensione come lo spazio-tempo e mille altre. Eppure il fascino che esso esercita è totale: al tempo noi apparteniamo, nel tempo viviamo e nel tempo moriamo: noi passiamo, esso rimane eppure passando, in una coesistenza di stati, di forme, di emozioni, portando con sé sogni e speranze che in questo modo non possono perire."

Jeremy Lee rifletteva su questo vecchio brano che aveva scritto anni prima per un articolo sulla sua rivista a New York e non aveva naturalmente mai pubblicato: era emozione, non scienza. O forse era l'emozione della scienza, della scoperta di nuovi orizzonti di ricerca. Poi con un respiro profondo aprì la porta e dopo l'ennesima occhiata all'orologio per verificare se vi fossero stati cambiamenti, cominciò a percepire, nella forma di un vago, indefinito sospetto, cosa vi fosse dietro quella assurda situazione, dove il paradosso e il suo contrario vivevano nello stesso momento, sussurri perduti nell'eco temporale di fondo dell'universo.

Il suo viso cambiò espressione quando vide un lungo tunnel che si allungava dalla porta per giungere chissà dove: era una galleria dalla temperatura sensibilmente più fredda, scarsamente illuminata, alta circa due metri di cui non intravedeva la fine, sembrava una antica costruzione sotterranea di mattoni rosso scuro. Il fisico vi passò una mano sopra: erano indubbiamente mattoni, ruvidi, freddi al tatto, e con tracce di terra qua e là. Ogni tanto ragnatele e pezzi di radici si allungavano dalle fessure: Lee fece qualche passo in avanti e batté un piede per saggiare la consistenza del pavimento di terra. Quella galleria gli risultava stranamente familiare ma non riusciva a capirne il motivo.

«Mio Dio... ma come è possibile?» sussurrò Michelle uscendo a sua volta nel nuovo ambiente; allo stesso modo di Lee accarezzò i mattoni e volse lo sguardo in ogni direzione per tentare di ricavare più dati.

Jane era fortemente spaventata: avanzava insieme agli altri, seguita da Darius con il suo tubo ben stretto in mano pronto a colpire. Kirby osservava il tunnel ricavandone un'insopprimibile sensazione di disagio che divenne così forte da non riuscire a trattenersi: «*Ma questo è un incubo!*» esclamò l'uomo colpendo uno dei mattoni che si scheggiò. «*Forse siamo morti, magari l'aereo ha avuto un incidente e siamo tutti crepati in fondo all'oceano...*» La sua voce aveva acquisito un curioso timbro acuto, stridulo e tremante come se fosse in preda a una crisi nervosa.

«La smetta col suo pessimismo da quattro soldi, non fa altro che creare tensione... come se non ce ne fosse abbastanza.» Ribatté con voce ferma il fisico guardandolo male. Lee pensò che doveva tenerlo continuamente monitorato, quell'uomo non aveva alcun controllo sul suo stato emotivo.

Kirby rispose con un'imprecazione all'indirizzo del fisico che fece rabbrividire Jane. Ma tutto finì così perché vi era una situazione completamente anomala da gestire, un problema molto più grande di un alterco; Lee soprassedette senza rispondere, e continuarono ad avanzare nella galleria, ma ogni tanto voltava la testa per osservare Kirby.

«Che strano, sembra che la luce ci segua...» disse la scrittrice mentre Lee si fermò ad osservare quello strano fenomeno: una lieve iridescenza azzurrina riverberava per alcuni metri morendo in lontananza e permettendo di cogliere i principali dettagli all'interno del tunnel nella vicinanza del gruppo. Le ombre, i contrasti, tutto si muoveva insieme a loro accentuando l'assurdità e allo stesso tempo il fascino misterioso della loro situazione.

«È vero, Jane, non vi sono forme di illuminazione qui dentro ma quando ci muoviamo questa flebile luce sembra venire con noi. Non riesco a indentificarne la fonte... Comunque non abbiamo molta scelta, andiamo avanti, da qualche parte arriveremo.» Lee diede un'occhiata al computer che teneva sempre aperto in mano, mentre con l'altra teneva il tubo metallico, ma nulla di nuovo si era aggiunto al racconto.

Il gruppo camminava compatto, dapprima cautamente, poi più spedito, percorsero diverse decine di metri, dopodiché il tunnel parve compiere una curva e si inoltrarono in essa senza poter vedere un punto di arrivo, solo una lunghissima galleria sotterranea il cui fondo era buio. Ma come potevano essere sotto terra? Si trovavano a 8.000 metri di quota su un aereo diretto a New York. Michelle non volle andare oltre con i pensieri che le turbinavano in mente e si mise alle spalle dello scienziato; avvertiva un forte bisogno di protezione, quella struttura le ricordava qualcosa di spiacevole, e le provocava un'onda emozionale molto forte.

Mentre camminava anche Lee si sentiva in modo insolito, come in procinto di afferrare un ricordo che sembrava volergli sfuggire: fissando uno dei mattoni più scuri, gli sovvenne all'improvviso alla mente.

Anche Darius si era fermato, un attimo prima; Jane se n'era accorta e gli si rivolse con una certa apprensione: «Signor Kirby, tutto bene? Ha visto qualcosa?»

Darius era fermo, in piedi, accarezzava i mattoni. Poi si fermò e la guardò negli occhi: «Io sono già stato in questo posto. Da ragazzo, a Yale, questo tunnel era nella parte antica, faceva parte della struttura sotterranea più vecchia dell'Università venuta alla luce durante alcuni lavori. Io e i ragazzi della società segreta di cui facevo parte li abbiamo esplorati per settimane durante la notte. Poi rimasi intrappolato per alcune ore a causa di una voragine originatasi nel pavimento e dovettero intervenire i vigili del fuoco. Un'esperienza che non ho mai dimenticato.»

«Ma… io ora ricordo chiaramente questi stessi mattoni nella cantina della casa dei miei nonni a Washington» continuò Michelle. «Ero una ragazzina allora e vedevo quella casa enorme come una miniera abbandonata da esplorare. Ebbi una brutta esperienza lì dentro perché cedette una trave del pavimento nel punto in cui si era creata una vasta buca piena d'acqua e ci vollero ore per tirarmi fuori, rischiai grosso.»

«Io invece ricordo bene questo tunnel come le fognature di fine 1800 a New York» proseguì Jeremy Lee. «Da ragazzo ero solito andarvi con gli amici per giocare. Purtroppo caddi in una zona con acqua profonda: non sapevo nuotare bene e rimasi bloccato alcune ore fino a che non arrivarono i soccorsi. Un'esperienza traumatica...»

Lee scosse la testa: «Davvero strano... Tutti e tre ricordiamo un evento drammatico in cui eravamo bloccati in una pozza d'acqua profonda senza poterci muovere... E lei Jane? Le ricorda qualcosa?»

Jane Milton Keys trasse un respiro profondo: non si spiegava come mai tutti avessero avuto esperienze diverse legate a quel tunnel: da parte sua non aveva un ricordo chiaro, tuttavia avvertiva un forte senso di malessere, una specie di nausea emozionale.

«Non ne ho distinta memoria, ma sento che mi è accaduto qualcosa che mi fa sentire a disagio, forse qualcosa di simile al vostro caso. Ma come possiamo avere avuto tutti la stessa esperienza, anche se differente nei dettagli?»

«Non lo so» continuò Lee, «non riesco a capirci nulla.» Poi guardando i compagni aggiunse: «L'unico modo per trovare una spiegazione è andare avanti. Non so se ci avete fatto caso ma man mano che proseguiamo troviamo nuovi dati, è un po' come un grande rompicapo, molto complicato e difficile, ma stiamo raccogliendo vari elementi, tra poco qualche cosa dovrà evidenziarsi. Dobbiamo inserire tutte le tessere al posto giusto, allora vedremo l'immagine, o il messaggio del puzzle.»

Tutti furono d'accordo, come sempre il fisico aveva la chiave giusta per interpretare al meglio la situazione, e questo li aiutava, dava loro una speranza, per quanto pallida ed esigua, che avrebbero risolto quel paradosso. Ricominciarono ad avanzare, percorsero qualche centinaio di metri. A un bivio con due gallerie presero prima quella di sinistra che si rivelò una strada chiusa. Tornarono indietro e imboccarono l'altra. Dopo alcune decine di metri si trovarono di fronte a un'area diversa, sembrava una caverna piuttosto alta; la ricopertura di mattoni era terminata poco prima e dovunque si vedeva roccia, polvere e sabbia.

Davanti a loro si ergeva un grande portale a due ante alto circa sei metri: sembrava di foggia antica, di un legno massiccio molto solido arricchito da numerosi inserti decorativi in ferro battuto annerito. Aveva l'aspetto di una grande porta medioevale, con un deciso tocco fantasy su cui il tempo aveva lasciato segni visibili. Due grossi anelli bruniti stavano sopra quella che poteva essere una serratura piuttosto insolita: non una toppa per infilarvi una chiave, piuttosto un piccolo vano circolare in cui inserire qualcosa. Il portale era chiuso, bloccato da un meccanismo non visibile dall'esterno.

La parte alta era decorata con immagini di animali: un'aquila, un delfino, un elefante e un uccello in volo; vi erano anche brevi frasi in un linguaggio sconosciuto. Jane lo associò alla lingua elfica. Sebbene con forti differenze, si avvicinava a qualcosa di simile alla lingua della Terra di Mezzo di Tolkien, un autore e filologo che da scrittrice e appassionata aveva studiato ed amato. Si fermò a contemplarne la bellezza, la luminosità scintillante: sebbene evidentemente antico era costituito di un metallo simile all'argento che però non si anneriva nel tempo. Fu colpita da uno dei caratteri che riconobbe subito, dalla grafia differente dal resto della scrittura: 日.

«Mio Dio!» esclamò facendo qualche passo indietro. Michelle le si avvicinò: il suo sguardo interrogativo risuonò come una domanda.

«Quel simbolo... lo ritrovo dovunque...»

Gli altri non riuscivano a capire di quale lettera del testo si trattasse e Jane lo disegnò sulla polvere del terreno. Di fronte al loro muto interrogarsi la scrittrice indicò il punto dove si trovava. Ma nessun altro oltre lei sembrava vederlo; ognuno descrisse la lettera-simbolo in modi diversi; solo Jane la vedeva così. Continuò a fissare il testo, poi d'un tratto si sporse in avanti e appoggiò le mani al portale.

Jeremy Lee la vide trasalire e preoccupato le prese un braccio: «Jane? Cosa ha visto?»

La donna continuava a fissare il testo metallico intarsiato nel grande portale con un'espressione di grande sorpresa sul volto: «Io... mi sembra... sì, non so come ma riesco a leggere il testo... dice: *La verità del portale della sapienza.*»

Lee continuò: «Ma... riesco a leggerlo anch'io! Però è una frase leggermente diversa, dice: *Il portale della sapienza della verità*». Il fisico si rivolse alla hostess: «Michelle?»

Ciò che leggo io è ancora differente: «*La sapienza del portale della verità.*»

«Signor Kirby, lci cosa legge?»

«*La verità della sapienza del portale.*»

Il fisico americano riportò sul file del racconto, nell'ultima pagina bianca, le quattro versioni una sotto l'altra: le rilesse ad alta voce a beneficio di tutti:

La verità del portale della sapienza

Il portale della sapienza della verità

La sapienza del portale della verità

La verità della sapienza del portale

Tentarono di dare varie interpretazioni, elaborando la frase in altri modi, cercando una ragione valida a quell'evento così insolito; Kirby con un sarcastico timbro dolceamaro nella voce sottolineò che ormai ci avevano fatto l'abitudine, da quando erano saliti sull'aereo tutto ciò che era accaduto era completamente fuori dall'ordinario. Comunque, dopo aver discusso e confrontato le rispettive conoscenze acquisite si resero conto che mentre recepivano le parole allo stesso modo ognuno di loro possedeva istintivamente una diversa nozione della grammatica di quella strana lingua, era questo a fare la differenza nella traduzione. Non seppero trovare alcuna soluzione a questo ennesimo enigma. Infine Lee analizzò a suo modo gli elementi che leggeva sul video:

«Ci sono tre vocaboli, *sapienza, verità, portale*, che sono comuni a tutti e quattro i modi di leggere la frase. Ma ognuno percepisce la grammatica a suo modo, ciò offre una versione leggermente differente che si completa nei quattro modi. Io direi che il suo significato possa essere che oltre questa porta vi deve essere la *sapienza*, che è un sinonimo di conoscenza ma con una accezione più pratica, cioè la risoluzione di questo enigma, che in questo caso è denominata: *"la verità"*. Sembrerebbe che se vogliamo conoscere la verità dobbiamo andare oltre il portale.»

«Sì, ma noi eravamo su un aereo. Come è possibile che ci troviamo qui? È un sogno?» ribatté Michelle affascinata.

Lee sospirò alzando le spalle, in una evidente risposta. *«Forse un incubo»*, pensò, ma non aprì bocca.

Jane osservò meglio le immagini di animali scolpiti nel legno e la toppa: «E quegli animali? Inoltre qualcuno ha idea di dove trovare la chiave per aprire questa porta?»

Per quanto vi pensassero, non riuscirono a trovare alcun indizio: tentarono di anagrammare il testo, cercarono spiegazioni che sapevano già essere inconsistenti, e non vennero a capo di nulla.

«Beh... sembra che la nostra ricerca si fermi qui...» disse Jeremy Lee con uno sguardo piuttosto avvilito. Il silenzio che seguì confermò che aveva riassunto il sentimento generale. Poi Darius si fece avanti e con un'espressione piuttosto strana sul volto, indicò il notebook che Lee aveva appoggiato su una roccia: «Fino ad ora, quando ci siamo bloccati, quel racconto ci ha dato lo spunto giusto: ha controllato se vi sono nuove informazioni?»

Lee lo prese e con sorpresa si accorse di una nuova immagine che era apparsa nel testo: si trattava di una incisione su legno di Escher con una didascalia: *"Cielo e acqua I* (1938, xilografia)" in cui negli spazi vuoti tra disegni di anatre si formava un pesce e viceversa.

«Quell'uomo è veramente imprevedibile» si disse Jane. *«A volte sembra essere pericoloso, a volte è utilissimo...»* Lo pensò perché osservando l'immagine le venne in mente un vecchio pendente che aveva ricevuto in dono anni addietro. Si portò la mano al petto, cercandolo, poi si tolse la colla-

na di fine argento che lo sosteneva: si trattava di un elegante ciondolo, una riproduzione della figura apparsa sul notebook acquistata da una sua cara amica a una mostra su Escher anni prima; lei era morta poco dopo averglielo donato. Riguardandolo Jane provò un tuffo al cuore.

Tutti si avvicinarono e la scrittrice lo mostrò sul palmo della mano.

«Anche questo non può essere un caso, signora Jane» disse serio Lee, spostando poi lo sguardo sulla toppa della serratura. Jane annuì preoccupata; si erano ormai tutti resi conto che Jane era la figura centrale di quel dramma assurdo, ogni elemento, in un modo o nell'altro, si rifaceva alla sua vita personale. Questo pensiero la disturbava intensamente, come se fosse l'emergere di una consapevolezza profonda che non voleva ascoltare. Lo scacciò, per concentrarsi sull'azione: staccò il pendente dalla collana.

Inserì il ciondolo circolare nella toppa che si rivelò un vano esattamente predisposto per accettarlo e lo spinse all'interno: uno scatto metallico rispose al suo tocco e il gioiello fu ritratto all'indietro, mettendo in moto il meccanismo di apertura del grande portale: il testo in alto cominciò a brillare di luce bianchissima tendente al blu per poi scomparire senza lasciare traccia sul legno e le due pesanti ante si aprirono spostando la polvere del tempo.

I quattro si avvicinarono all'ingresso senza una parola: nessuno riuscì a dire nulla di fronte allo spettacolo che inondò i loro occhi.

Cap. 7
CHE COSA È REALE?

Luogo: Non disponibile
Data: Non disponibile
Ora: Non disponibile

I quattro non credevano ai loro occhi: di fronte a loro si stagliava un'enorme piramide a gradoni senza la cuspide che ricordava le strutture di Teotihuacan, in Messico: una ampia strada costellata da grandiose statue semi-illuminate da una luce a bassa intensità e forte contrasto dal punto di origine indefinibile guidava lo sguardo verso la grandiosa struttura, evidentemente abbandonata molti secoli prima da una civiltà perduta. Ma come poteva essere? Ciò che vedevano era reale? O erano loro a non esserlo? Mentre avanzavano sulla strada composta di pietre rettangolari lavorate, ammiravano la potenza espressiva di quella antica cultura: si scambiarono opinioni e pensieri, e i loro dubbi, i loro timori, crebbero gradualmente.

Raggiunsero la piramide e salirono la vasta scala a gradoni; Lee dovette fermarsi un paio di volte, gli mancava il fiato, ma riuscì comunque a farcela. Vi era una sorta di altare al termine della scalinata, composto da sette monoliti in circolo che attorniavano un minuscolo dolmen, arrossato dal sangue sacrificale di miriadi di vittime, che ancora gridava dalla fredda pietra. Lo osservarono provando una certa soggezione: ma chi aveva costruito quella struttura così grande? E perché? E dove si trovavano realmente? Erano sul volo BA9941 diretti a New York oppure...?

«Venite, l'entrata è qui!» esclamò Jane che avvertiva uno strano sapore nell'aria, quasi metallico, avvertito insieme a una fredda umidità. Lo notarono tutti, e aumentava man mano che esploravano quella struttura grandiosa e spettrale insieme: le grandi pareti interne, alte e antiche erano invase da polvere, ragnatele e una serie di massi crollati rovinosamente gli uni sugli altri.

Darius diede un calcio a un pezzo di roccia sul pavimento: «Sembra vi sia stato un terremoto, o qualcosa del genere...»

«Già, ma all'esterno queste macerie non si notavano, come se il terremoto avesse avuto luogo solo qui dentro...» aggiunse Lee ponendo la mano su una grossa parete crollata. Era vero: tutto in quella piramide sembrava aver sofferto un cataclisma di enormi dimensioni evidente nelle grandi crepe, in pilastri portanti inclinati in modo innaturale e in ampi varchi creatisi nelle mura.

Continuarono l'esplorazione, quasi ammutoliti dalla sontuosità di quella che una volta doveva essere stato il centro regale o religioso di quella civiltà; percepivano il peso e le responsabilità del passato come una forte pulsazione emotiva che rendeva difficile parlare, ma a poco sarebbe servito di fronte al grandioso spettacolo che li sovrastava: non avevano alcun dato per poter interpretare ciò che vedevano, toccavano, esploravano. Sapevano solo di dover proseguire, almeno questo era il monito della frase sul portale d'ingresso, e così fecero, entrando quasi rispettosamente in vaste sale in cui qualcuno doveva aver vissuto, molto, molto tempo prima. Attraversarono lunghi corridoi che portavano ad altri saloni, salirono una grande scala di pietra fino quasi alla sommità quando Michelle si fermò inorridita: mentre loro salivano, nella parte opposta dell'enorme sala osservarono sé stessi che scendevano sulla scala in pietra gemella, ma camminavano sui gradini sotto la scala, a testa in giù rispetto a loro, come se fossero in uno dei disegni di Escher.

Tutti furono presi da un vero e proprio terrore. Lee sentì la forza nelle gambe venire meno mentre Darius faticò a trattenere un conato di vomito. Jane si portò la mano alla bocca senza che uscisse nulla, nell'algida sensazione che la morte fosse loro passata accanto senza averli volutamente toccati. Continuarono ad osservare quelle persone muoversi verso il basso finché la hostess del gruppo che scendeva li vide e si fermò inorridita. Essi reagirono esattamente come stavano facendo i loro originali: Lee si chiese quali fossero gli originali, perché secondo quanto aveva compreso di quella situazione entrambi lo erano, come uno specchio in cui l'immagine della persona che si rifletteva si chiedeva se fosse lui a specchiarsi. Entrambi veri, entrambi vivi, in una dimensione realmente inverosimile determinata da un punto di osservazione completamente opposto.

Decisero di allontanarsi al più presto da quella zona. Proseguirono continuando a salire velocemente verso quella che sembrava una uscita, o almeno aveva una sorta di grande apertura che dava su un cortile esterno.

Si sentirono sollevati di essere usciti da quella piramide dalle proporzioni incompatibili rispetto alla loro realtà che incuteva un orrore senza fine a tutti: osservare sé stessi camminare in posizione opposta e invertita rispetto a loro era stato davvero troppo. Come fece notare Michelle l'altro gruppo sembrava intento ad esplorare la piramide esattamente come stavano facendo loro; gli occhi le si riempirono di lacrime nervose mentre Jane la abbracciò per confortarla.

Volevano allontanarsi il più possibile e quindi si avviarono subito lungo il corridoio sormontato da enormi pareti di mattoni alte una decina di metri che all'uscita si era loro presentato davanti: camminarono velocemente ma quel corridoio sembrava lunghissimo, Lee calcolò diverse centinaia di metri;

la diafana luce azzurrina sembrava avanzare con loro e non permetteva di vedere oltre una decina di metri, immergendo ogni cosa nel crepuscolo spettrale. Anche guardando in alto si vedeva il buio più cupo: il soffitto non era chiuso, sembrava di camminare tra due muri perimetrali all'aperto, solo che il cielo era nero, sempre che si trattasse di cielo.

Dopo altre curve, alcune larghe, altre strettissime, si trovarono di fronte a un bivio.

«E adesso? Cosa facciamo?» reclamò spazientito Kirby.

Jane ricordò in quell'istante un vecchio professore del liceo, che un giorno in classe spiegò una cosa che interessò tutti: il vocabolo greco CRISIS, crisi, ha nella lingua antica il significato di scelta: come quando ci si trova di fronte a un bivio e non si sa quale strada prediligere. Lo stato di crisi perdura finché non si è presa una decisione ponderata: solo quando facciamo un concreto passo avanti la realtà assume una forma precisa e si comincia a proseguire senza indugio sulla nuova strada. Allora lo stato di crisi termina. Comunicò questa riflessione ai compagni che la trovarono straordinariamente interessante perché si sentivano esattamente così, non sapevano quale strada prendere, erano profondamente provati da quella follia, cominciavano ad avvertire fame, rabbia e una certa stanchezza, desideravano che tutto terminasse in fretta ma la cruda realtà era che non sapevano né dove stavano andando né perché.

«Questo è un labirinto di proporzioni enormi» rifletté Lee «non ho mai visto nulla del genere. Potremmo perderci e morire qui dentro. Ma volendo, potremmo ancora tornare indietro rifacendo la strada al contrario. Come diceva Jane, è una situazione che mi mette decisamente in crisi, perché non so quale alternativa scegliere.»

Gli bastò osservare i visi dei compagni per capire che nessuno desiderava tornare indietro: non volevano tornare nella follia da cui erano usciti. Ma quale strada avrebbero dovuto seguire? Rischiavano di perdersi e date le dimensioni delle pareti il labirinto poteva essere lungo chilometri, avrebbero potuto non uscire mai più.

Lee riaprì il notebook; notò con disappunto che si stava velocemente scaricando e limitò al massimo il tempo di utilizzo ma notò anche che vi era qualcosa di nuovo e lesse ad alta voce il breve brano da poco apparso nel racconto di Jane in cui i protagonisti dopo aver preso a quel bivio la strada a destra incontrarono una parte di muro crollato: si trattava di un cumulo di macerie che funse da scala e raggiunsero con una certa difficoltà la parte alta del muro.

Decisero unanimemente di seguire le indicazioni del racconto: trovarono le rovine e grazie a queste riuscirono a salire sulla parete che era abbastanza larga da permettere a due persone di camminare a fianco. Da lì godettero di una vista privilegiata sull'intero labirinto, che era vastissimo e complicato: la luce azzurrina si era elevata di molti metri nella nuova prospettiva che essi avevano raggiunto grazie alla loro posizione sopraelevata, e questo significava una illuminazione completa. Gli occhi dei quattro ammirarono chilometri e chilometri di passaggi obbligati, strette curve, strade chiuse e ampi percorsi che a causa della loro lunghezza sembravano giungere a un punto importante, dove c'era qualcosa di utile, ma che alla fine portavano solo a un altro muro che bloccava definitivamente la strada.

Tutti si chiedevano per quale scopo era stata costruita una tale opera, e da chi. Ma non vi era alcuna risposta, semplicemente il labirinto esisteva.

Cap. 8
AL DI LÀ DELLO SPECCHIO

Luogo: Non disponibile
Data: Non disponibile
Ora: Non disponibile

Da quell'altezza riuscirono a scorgere in lontananza l'uscita verso un vastissimo ambiente molto luminoso, non definito, che si estendeva a perdita d'occhio. Dopo un breve consulto decisero di dirigersi laggiù: Lee cercò di disegnare una mappa della strada da seguire sul file del racconto, ma osservando la velocità con cui la batteria si scaricava rinunciò quasi subito: d'altra parte erano in piedi su una parete di quell'immenso labirinto e quella prospettiva elevata li metteva in grado di seguire facilmente l'unica strada che li avrebbe portati fuori.

Jane scambiò qualche osservazione con Lee e Michelle al riguardo ma il commento di Darius spiazzò i compagni. Non aveva parlato molto, ultimamente, e questo aveva fatto piacere a tutti, almeno così se ne stava tranquillo. In realtà Kirby aveva cominciato a riflettere, come gli era accaduto varie volte nella vita. In più occasioni aveva subito lo shock di perdere milioni di dollari in un affare andato male, e dopo lo scoppio di rabbia iniziale tornava sempre sui suoi passi, rivedeva l'accaduto e identificava i suoi errori, proponendosi di non commetterne più di simili. In effetti la vita della maggioranza degli uomini di successo e dei più ricchi VIP del pianeta era costellata da insuccessi da cui si erano risollevati riflettendo su ciò che li aveva determinati. E come spesso orgogliosamente affermavano, il loro successo era stato causato da una miriade di insuccessi precedenti. Questo lato inaspettato della personalità di Darius, che gli altri ancora non conoscevano, emerse in modo improvviso.

«Possiamo uscire da questa situazione solo se avanziamo su una prospettiva più alta, quella che lei, Jane, ha identificato col Signor Lee a proposito dell'*Entanglement* quantistico. Io non so nulla di queste cose ma ho un master in matematica finanziaria e ho applicato innumerevoli volte nei miei affari quello che è definito pensiero laterale creativo, in sintesi un modo differente di osservare la stessa situazione. A volte ti trovi ad aver investito un fiume di denaro in quello che sembrava un buon affare, poi le cose prendono una brutta piega e arrivi a un punto morto, in un labirinto senza speranza finendo di fronte a un muro che ti sbarra la via e che a volte sembra proprio determinare la tua fine. Ma sono sempre riuscito a venirne fuori così. Riflettendoci bene, applicare la visione offerta dalla fisica quantistica, camminando nella parte alta del labirinto, significa trovare la via d'uscita secondo una prospettiva più elevata. Dall'alto le cose sembrano molto diverse...»

La sua affermazione colpì tutti; quell'uomo si rivelava davvero una sorpresa. Lee tentò una rilettura per tentare di semplificare tutto: «Signor Kirby, ha riassunto in poche battute ciò che ci è accaduto da quando siamo saliti sull'aereo: la situazione apparentemente assurda sembra avere una soluzione a più livelli, ma è quello più elevato, che allo stesso tempo è quello più profondo, a costituire la via d'uscita. In effetti, osservando il nostro mondo secondo lo schema offerto dai disegni di Escher, rendiamo evidente che vi sono molte decisioni possibili da prendere e sono tutte reali sebbene possano apparire in antitesi: ma solo quando prendiamo l'unica decisione utile e ci mettiamo in moto per applicarla, il nostro destino, o il nostro futuro, comincia a palesarsi, insieme al presente. In virtù dell'*Entanglement* quantistico, riusciamo a vedere noi stessi che scendiamo verso il basso mentre per loro è l'alto e per noi è lo stesso secondo quello che vedono i nostri *Doppelgänger*, i nostri duplicati, che sono vivi quanto noi.»

«Quindi quelle persone erano come noi?»

«Quelle persone *sono noi*, ma esistono nello stesso momento in dimensioni differenti, potrebbero esistere in milioni di modalità e posizioni differenti; noi le abbiamo viste muoversi in verso e direzione opposti rispetto a noi ma hanno reagito esattamente come abbiamo fatto noi. È la nostra situazione rovesciata: loro vedono noi come noi vediamo loro, loro sono noi che ci vediamo riflessi allo specchio. Noi e loro siamo le stesse entità al di qua e al di là di uno specchio, entrambe vive, che pensano che gli altri siano dei duplicati non originali. Ma sono *tutti* originali.»

«Santo cielo, c'è da perderci la testa» proseguì Michelle, «ma continuo a pormi una domanda: noi eravamo su un aereo, e adesso siamo qui. Cosa è successo realmente? Voglio dire: alle nostre vite, cosa è accaduto? Io so di essere io, ma cosa ci facciamo qui? Che cos'è questa messinscena? Siamo morti? Eppure io so di essere viva.»

Lee la guardò perplesso: «*Ne è sicura?*»

La giovane donna provò un certo timore a quella domanda poi fece la cosa più istintiva, si diede un forte pizzicotto sull'avambraccio: «Fa male. Sono senziente e, ancora per il momento, sono un essere vivente biologico.»

Lee non volle appesantire ulteriormente la situazione ma le cose non erano affatto così semplici, anzi l'ipotesi della morte poteva anche essere plausibile. Ma era anche possibile che ci fosse un'altra spiegazione.

Jane Milton Keys guardò Michelle con un sorriso di incoraggiamento: «Come diceva la frase sul portale d'ingresso, dobbiamo andare avanti per scoprirlo, è solo alla fine di questo percorso che troveremo la verità.»

Lee annuì: «Sì. È così. Proseguiamo.»

Camminarono velocemente sulle pareti larghe circa un metro e mezzo, seguirono le curve strette, i lunghi rettilinei, più di una volta dovettero tornare indietro, ma la posizione sopraelevata permise loro di controllare sempre la loro direzione e la posizione mentre si spostavano sopra il labirinto. Ci vollero diverse ore, ma alla fine giunsero al termine di quell'enigma di pietra: man mano che avanzavano in cima alle alte pareti portandosi verso la direzione d'uscita, si erano accorti che il colore della luminosità azzurrina di quel luogo stava mutando, virando verso un bianco intenso, dovuto alla luce che proveniva dall'ambiente esterno al labirinto.

«Ci siamo!» ansimò Kirby che era in quel momento davanti al gruppo precedendolo di buon passo di alcuni metri. «Vedo una specie di... Sembra un cancello d'uscita.»

Le speranze del gruppo si rinnovarono a quelle parole e furono infusi dell'euforia e delle energie della salvezza; come rifletté il fisico non erano affatto certi di essere in salvo, non sapevano nemmeno dov'erano, ma un poco di entusiasmo in quella situazione faceva realmente la differenza.

Si avvicinarono a quella che era evidentemente la via d'uscita, un enorme cancello di metallo brunito ormai in rovina: uno dei cardini aveva ceduto parzialmente, e quello che pareva l'effetto di un terremoto aveva fatto crollare parte del pilone sinistro di sostegno, quello vicino a cui si trovavano. Le macerie costituirono la via di discesa dalla parete, e non senza difficoltà riuscirono ad arrivare a terra aiutandosi l'un l'altro: si ritrovarono così quattro persone di fronte all'uscita di un labirinto che inizialmente pareva senza confini e da cui sarebbe stato impossibile uscire dal basso, sarebbero semplicemente morti di fame e di sete.

Lee osservò Jane di fronte al cancello parzialmente aperto che ammirava l'orizzonte senza fine, fatto d'intensa luce bianca, in cui non vi era assolutamente nulla, solo un enorme spazio vuoto fatto di riverbero luminoso.

Tutti varcarono la soglia e furono lieti di essersi lasciati alle spalle quell'esperienza così pericolosa e sgradevole: ma quello che vedevano ora era senza punti di riferimento. Lee tentò di leggere il racconto, forse qualcosa di nuovo era emerso ma alle prime battute la batteria segnalò il completo esaurimento.

«Maledizione!» imprecò Lee. «La batteria!»

Il video si spense pochi attimi dopo.

«Adesso siamo completamente soli...» commentò Jane. «Cosa facciamo? Andiamo avanti?»

«Abbiamo un'alternativa?» sospirò Darius.

«No» aggiunse Lee. «Se siete d'accordo direi di proseguire.»

Tutti annuirono, solo Jane aggiunse: «Ma dove andiamo?» Indicò con le mani aperte il desolante spazio vuoto che si stagliava di fronte a loro, senza confini.

Un forte suono fece volgere lo sguardo dei tre verso Kirby: col tubo che aveva ancora in mano aveva appena colpito il terreno, producendo un rumore simile al tintinnio del metallo contro una pietra, o più probabilmente una mattonella da rivestimento, come se fosse un pavimento piastrellato. Non aveva una struttura visibile, sembrava anch'esso fatto di luce ma solida, un fenomeno che nemmeno il fisico Jeremy Lee aveva mai visto.

«Che strano... sembrano le mattonelle del mio appartamento...» mormorò Kirby.

Lee colpì a sua volta il terreno: «A me ricorda chiaramente il laboratorio di fisica dove io e alcuni colleghi svolgevamo esperimenti all'università. Michelle?»

Lee le offrì il tubo che lei batté a terra: «L'impressione che ne ricevo è che sia il pavimento di casa dei miei genitori.»

«Jane?»

La scrittrice colpì a sua volta il terreno e di nuovo non riuscì a focalizzare bene ma si trattava di un ricordo che le causava un forte sentimento di disagio: «Non capisco... questo suono non mi ricorda qualcosa di particolare, voglio dire, è collegato a un ricordo ma non riesco a farlo emergere. So solo che si tratta di qualcosa di poco piacevole.»

Lee si guardò intorno: «Di nuovo questo strano fenomeno: ognuno ha dei chiari ricordi personali a parte Jane. Davvero non so cosa pensare...»

Michelle si guardava intorno stupefatta: «Che strano ambiente... sembra composto di luce bianca... Non vedo nulla a parte il labirinto; voi riuscite a scorgere qualcosa?»

Nonostante gli sforzi non videro altro che un deserto di luce: inondava ogni cosa, un'irradiazione intensa che tuttavia non risultava fastidiosa, era luce allo stato puro, una nuova tappa nel loro sentiero.

Cominciarono così una lunga marcia verso il nulla, senza una direzione precisa. Lee portava ancora con sé il notebook ormai inservibile, nella speranza che accadesse qualcosa o trovassero una fonte di energia per alimentarlo. Non riuscivano a trovare punti di riferimento o luoghi sopraelevati in quel vuoto luminoso senza confini.

Mentre camminava, Jane rifletteva su quanto era accaduto fino a quel momento tentando di trovare un nesso, una logica di collegamento degli eventi, senza riuscirvi. Si confrontò con gli altri e dopo una buona mezz'ora di conversazione in cui ognuno, compreso Darius, aggiungeva qualche tassello personale al complesso puzzle, giunsero alla medesima conclusione: ogni volta che si trovavano di fronte ad un ostacolo insormontabile la soluzione per passare oltre non era giunta dalla logica consueta ma dal passaggio a un livello di consapevolezza dell'esistere più elevata, o più profonda, ovvero dal considerare nell'equazione le molte dimensioni possibili che normalmente nella vita quotidiana non si manifestano. E quell'orizzonte infinito di luce si rivelava dunque uno dei tanti multiversi possibili che in quel momento era in qualche modo connesso al loro presente e al loro pensiero. Come fece notare Lee, tutto quello che avevano affrontato poteva rientrare nella definizione data da Jung e Pauli di "Evento di Sincronicità": un contatto tra dimensioni differenti che risultava una via d'accesso ad altri universi, dove le leggi normali non valgono, dove sogno e realtà per un attimo coincidono ed è possibile sporgersi e osservare ora una ora l'altra dimensione.

«Ma come uscirne?» domandò esasperata Michelle. Ne aveva abbastanza, come tutti loro. Poi ammutolì: in lontananza le parve di scorgere un minuscolo punto più scuro del resto e si fermò a contemplarlo seguita dai compagni.

Darius fece una strana smorfia: «Che cos'è?»

«Non lo so, ma almeno è qualcosa in questo nulla infinito. Presto, raggiungiamolo!» esclamò Lee che nonostante la sua età era mosso dalla curiosità più intensa. Da scienziato nutriva uno strano sentimento di paura e fascino insieme che in qualche modo amplificava le sue forze con scariche continue di adrenalina.

Aumentarono il passo e dopo un tempo che parve lunghissimo giunsero a una insolita struttura composta da sette grandi monoliti neri, che curvavano in cima formando un cerchio nella luce: in basso, al centro, vi era uno strano oggetto che completava la particolare struttura del sito.

«Sembra… sembra l'altare sacrificale che abbiamo visto su quella piramide!» esclamò Michelle con il fiato corto e i battiti del cuore a mille.

«È vero, forse più grande e quell'oggetto al centro non è di pietra, sembra… vetro, o cristallo traslucido…» replicò Lee ammaliato da quello che vedeva. Un gioiello nel nulla, una strana architettura che rimandava a un passato dimenticato dell'umanità e allo stesso tempo a un futuro luminoso.

Occorsero alcuni minuti per riposarsi che utilizzarono per esaminare nei particolari i sette monoliti: erano di roccia nera, pesantissimi, enormi, alti circa sei metri.

Stranamente l'oggetto che era al centro levitava a circa un metro da terra, e sotto di esso si apriva un vortice nero, forse un'apertura verso un nuovo universo, come se galleggiasse sul nulla: il manufatto mutava continuamente la sua forma, in modo naturale, sembrava essere un contenitore di qualche tipo, solido, trasparente, fatto di un cristallo o di una pietra preziosa sconosciuta, ricordava un diamante grezzo. Tutti si avvicinarono per ammirare quello strano fenomeno, per qualche attimo appariva come una cassa trasparente dalle dimensioni atte a contenere un corpo umano, poi pareva trasformarsi in un globo circolare del diametro di circa due metri pulsante e luminoso, e quando giungeva alla forma definita di nuovo cambiava acquisendo le dimensioni di una strana piramide con le stesse caratteristiche, sospesa sul nulla.

«Mio Dio, guardate! Cambia forma!» esclamò Michelle intimorita.

Darius osservò: «Quel vortice nero... sembra il vuoto in cui si muoveva l'aereo!»

Era vero: tutti si accorsero che l'insolito colore nero opaco e cangiante del vortice sotto la struttura mutevole, era della stessa natura della strana dimensione in cui si muoveva il volo BA9941.

«Ma... devo essere impazzita, mi sembra anche di vedere all'interno quella strana pioggia di gel rosa...» continuò Michelle.

Tutti si avvicinarono per esaminare meglio e notarono le striature di pioggia densa che avevano visto frangersi sui finestrini dell'aereo.

Lee non riusciva a trovare una spiegazione a quell'ennesimo enigma, ma ricordando gli eventi precedenti gli venne in mente un'idea: «Michelle, focalizzi la sua attenzione sull'oggetto mutante, riesce a discernere altro?»

«La donna si avvicinò, ma si accorse di non riuscire a vedere bene, come se non riuscisse a mettere a fuoco; si allontanò di un paio di metri e colse così la figura non ben definita dell'oggetto, dovette concentrarsi per non perdere l'immagine che si andava via via formando. Ma non riuscì a cogliere un cambiamento sostanziale.

Fu solo quando si avvicinarono e toccarono l'oggetto che smise di mutare e di pulsare, mantenendosi nella forma di un parallelepipedo solido di cica due metri di lunghezza e uno di larghezza. Era alto circa cinquanta centimetri. All'interno vi era sicuramente qualcosa ma la superficie traslucida non permetteva di vederlo chiaramente.

«Dobbiamo aprirlo» suggerì Kirby che stava cominciando a nutrire un forte timore, come se sapesse che quello che stavano per fare avrebbe innescato un processo irreversibile di qualche tipo. Lee aggiunse che forse Darius aveva ragione.

Si avvicinarono, facendo attenzione a non cadere nell'apertura sul nulla al di sotto, ed esaminarono da vicino il contenitore di cristallo; ognuno lo vedeva a modo suo ma passandovi la mano sopra avvertirono la superficie liscia e un tepore proveniente dall'interno, poco superiore a quello del corpo umano.

Cercarono degli appigli su cui fare forza per sollevare quello che sembrava un coperchio ma senza successo; tentarono in ogni modo di trovare un modo per aprirlo ma dopo molti inutili tentativi Darius perse il controllo: «Maledetto bastardo, ma che cosa sei? Che ci facciamo qui? Basta, c'è un solo modo di aprirlo!»

Prima che gli altri potessero fermarlo, Darius colpì con il tubo sul coperchio con tutta la forza della disperazione, facendone saltare via dei frammenti. Sembrava davvero un cristallo perché si scheggiava in modo simile. Colpì e colpì ancora, finché esausto si fermò e notò che si era formata una grossa crepa che si apprestò ad allargare facendo leva con il tubo. In pochi attimi fece saltare il coperchio e quello che i quattro videro tolse letteralmente il respiro: si trovarono ad affrontare il peggiore incubo che avessero mai osato sognare.

Jeremy Lee, deglutì, ma ebbe un'intuizione che lo spinse a chiedere con voce tremante: «Darius, cosa vede?»

Kirby sentì le gambe cedere alla visione del corpo di Lana con ancora il pugnale confitto nel torace. Con difficoltà riuscì a rispondere: «Non lo vede anche lei? È Lana, la donna che è morta a quella festa, quando è cominciato il mio incubo.»

Lee fissò il cristallo impressionato: i loro sguardi si incrociarono, e Darius, capendo che le cose stavano in maniera ancora peggiore rispose: «Perché, lei cosa vede?»

Il fisico deglutì: «Mio fratello, morto di infarto poco tempo fa, il giorno del funerale.»

Michelle con le mani sulle guance rispose di getto: «Io vedo mio padre, quando ero bambina morì e mi sembrava dormisse. È lui!»

Infine tutti si volsero verso Jane che con grande difficoltà riuscì a descrivere l'orrore che osservava: «Io vedo me stessa.»

L'attimo si estese nella dimensione più ampia divenendo un frammento, una goccia di tempo rosa che si stemperò sulla luce come pioggia sui finestrini dell'aereo. Tutto divenne fortemente distorto, perse consistenza, solidità, divenne un fluido cangiante, che pulsava caldo, poi Jane si sentì attrarre dal nulla oscuro al di sotto del contenitore e precipitò in un salto nel vuoto senza fine.

Cap. 9
SYNCHRONICITY

Luogo: Non disponibile
Data: Non disponibile
Ora: Non disponibile

Non riusciva a parlare, i suoi movimenti erano rallentati, o bloccati da qualcosa, vedeva a tratti una sorta di parete di ghiaccio o di cristallo scorrere velocissima, come un abisso da cui cadeva senza poter fare nulla. Avvertiva di nuovo quello strano sapore metallico in bocca: in quella folle caduta la testa le girava vorticosamente, provava una nausea intensa e allo stesso tempo era in preda all'orrore più terrificante che non le permetteva di reagire in alcun modo.

Poi di colpo il suo corpo, con un sussulto e un tonfo terribile, si scontrò con violenza contro il terreno.

Ma non era terreno, era acqua, una strana acqua più densa del normale, dalla temperatura piacevole, e non era morta nell'impatto, almeno per quello che poteva comprendere. Cercò di aprire gli occhi ma ebbe difficoltà a mettere a fuoco: sentiva di nuovo quello strano sapore di metallo e gomma in bocca e si accorse che stava mordendo qualcosa. Tentò di spostarsi ma era in qualche modo limitata nei movimenti.

Faticosamente riuscì a sollevare le palpebre ma non riusciva in alcun modo a mettere a fuoco: era distesa supina ma non avvertiva terreno solido premere sulla schiena. Mosse la testa indietro e ai lati girando il collo per cercare di vedere dove si trovasse: sentiva che Michelle, Jeremy Lee e Darius Kirby non erano più lì, ma in qualche modo erano vicini, come se ancora condividessero la sua esperienza e ne fossero parte seppure lontani.

Tentò con difficoltà di alzarsi o mettersi seduta e riacquistando piano piano le normali facoltà cominciò a vedere qualcosa: riuscì a discernere di essere immersa in una grande vasca trasparente, collegata a tubi di colori differenti, sembravano cavi elettrici o qualcosa di simile. Con qualche sforzo riuscì a mettersi seduta e la testa emerse da uno strano fluido dalla consistenza simile a gel, di colore rosato: si aiutò con le dita ripulendosi gli occhi senza inizialmente poter vedere molto di più. Dopo aver rimosso quella sostanza dal viso cominciò a vedere meglio: indossava una sorta di tuta tecnologica di materiale gommato con vari cavi che partivano da essa per collegarsi a un macchinario esterno che sembrava monitorare i suoi parametri biofisici. Si tolse un fastidioso dispositivo dalla bocca che le consentiva di respirare immersa nel gel rosa e le dava quel sapore metallico.

Si sentiva confusa, strana, aveva i movimenti rallentati e non riusciva a capire dove si trovasse: diede uno sguardo intorno, le sembrava una struttura medica di qualche tipo. Le risultava familiare, come se vi fosse stata varie volte ma ancora la mente non funzionava a dovere e le girava un po' la testa. Le occorsero alcuni minuti per riprendersi adeguatamente: ora aveva la chiara sensazione di essere tornata alla sua dimensione normale, che quell'incubo sul volo per New York fosse finito. Si chiese che cosa fosse accaduto, forse l'aereo aveva avuto un problema, forse era caduto e lei era sopravvissuta… Non aveva molte possibilità di capirlo in quella situazione e decise di uscire dalla vasca, rimuovendo i cavi collegati alla tuta con innesti a pressione: curiosamente sapeva come fare, evidentemente lo aveva fatto altre volte. Indossava anche una cuffia auricolare che trasmetteva una nenia continua che non riusciva a capire, sembrava una voce maschile che sussurrava qualcosa.

Con molta cautela scese dalla vasca grazie a una scala di metallo che poggiava su un tappeto nero antiscivolo, di quelli che si utilizzano per le piscine, che Jane percepì come se lo avesse già visto più volte, e la mente lo collegò al vortice che esisteva sotto la bara di cristallo, al centro dei monoliti, in quel luogo pieno di luce che aveva visitato poco prima.

Per prima cosa doveva capire cosa fosse quel luogo. Si guardò intorno: notò una serie di macchinari, un lettino, sembrava una camera operatoria in cui erano stati portati computer e dispositivi tecnologici di qualche tipo. Vi era una grande finestra che dava su un ambiente differente, come uno studio medico arredato con gusto, con vari diplomi appesi dietro a una scrivania sul muro di mattoni scuri a vista: Jane lo riconobbe immediatamente come il rivestimento del tunnel che avevano scoperto dietro al locale cucina dell'aereo.

Il suo cuore ebbe un sussulto quando, osservando intorno, vide su un mobile la scatola di un farmaco che le risultò familiare: il simbolo della ditta giapponese produttrice Sun Chemical lo conosceva bene: 日.

Lesse le informazioni sulla confezione e il foglietto interno e scoprì trattarsi di un farmaco sperimentale sviluppato in collaborazione con la facoltà di psichiatria dell'Università di Londra. Era in fase di test da circa un anno e sembrava dare risultati promettenti ma le informazioni erano troppo tecniche perché riuscisse a comprenderle.

Jane si sentiva strana: aveva la mente leggera, come dopo un paio di bicchieri di champagne, i movimenti le risultavano difficili, non riusciva a coordinarli: doveva esercitare una certa attenzione al movimento e appoggiarsi a qualcosa per camminare.

Cap. 10
DOVE SONO?

King's Centre for Military Health Research
Istituto di Psichiatria e Neuroscienze
Area di massima sicurezza
Cutcombe Road, Londra
17 dicembre
Ore 10:50

«Ma dove sono?» si chiese. L'ambiente le era in qualche modo familiare, come se fosse già stata lì, ma era una semplice emozione, non riusciva a ricordare nulla di particolare. Dopo essersi seduta e recuperato in parte l'equilibrio si diresse verso l'ufficio e si sedette davanti al monitor: non si era ancora attivato lo screen saver quindi chi lo utilizzava non doveva essersi allontanato da molto. Cercò di capire qualcosa di più e mosse il puntatore col mouse, rivelando un riquadro video in alto a destra che mostrava la vasca in cui si trovava fino a pochi minuti prima e si chiese se fosse stata vittima di un esperimento. Lei ricordava solo di essere arrivata lì dal volo 9941 Londra - New York, sentiva che le mancavano vari tasselli per capire e forse quel computer poteva darglieli: le sue dita scorsero col mouse velocemente le pagine mentre l'adrenalina cominciava a snebbiarle la mente sovrastando gli effetti del farmaco sperimentale nel suo torrente sanguigno.

Si trattava di un progetto sperimentale di ricerca, ed evidentemente lei c'entrava qualcosa: doveva sapere, e lesse le pagine relative mantenendo la stessa espressione, mentre una tempesta le devastava il cuore. Non poteva crederci, ma la realtà era di fronte ai suoi occhi. Era uscita da quella vasca, si era staccata lei i cavi di collegamento ai dispositivi di monitoraggio biologico, era tutto orribilmente reale. Eppure nella sua mente era ugualmente reale anche tutto il viaggio in aereo, la scoperta del tunnel, la piramide, il labirinto e quel vasto ambiente fatto di luce al cui centro c'era...

Jane focalizzò meglio i suoi pensieri e riuscì a trovare un minimo di lucidità: al centro c'era la vasca da cui era uscita. Una delle due realtà era un sogno ma non riusciva a capire quale delle due: entrambe erano vive e chiare come due ricordi sincroni, esperienze che aveva vissuto, ma non poteva essere.

Continuò la lettura mentre una intensa tensione emotiva le si irradiava nel ventre come un freddo abbraccio interno, qualcosa che odiava, che aveva avvertito molte altre volte: ricordò che l'aveva provata quando era stata costretta a fare qualcosa che non voleva, ma quel ricordo era bloccato, non riusciva ad accedervi.

Il computer segnalò con un effetto sonoro l'arrivo di una email che la donna volle leggere e il colore pallido del suo viso assunse una tonalità spettrale mentre scorreva non solo quella ma anche tutte le email precedenti in coda.

Le occorse qualche minuto per raccogliere i pensieri: non poteva essere, lei non ricordava nulla di quello che leggeva, non era la sua vita, eppure i dati sul computer erano chiari, e l'esperimento era in atto, lei era dentro quella vasca. Non provava né ira, né rancore, né sentimenti simili, stemperati evidentemente dal farmaco che sentiva ancora disturbare la sua percezione sensoria e le facoltà intellettive…

Dopo aver letto tutto ciò che c'era da sapere la sua mente sembrò per qualche attimo sul punto di cedere ma l'esperienza del volo 9941 era ancora vivida nella sua memoria, in particolare la figura di Jeremy Lee, che le aveva mostrato un modo diverso di vedere la realtà. Cercò di applicarlo ma era ancora fortemente provata, confusa, per riuscire a ragionare lucidamente. Allora fece la cosa più semplice, quella che le parve la più utile e logica. Armeggiò qualche attimo con la mail, digitò qualcosa sulla tastiera, poi, quando ebbe terminato si alzò e uscì dall'ufficio; notò su una sedia un telo da bagno e degli indumenti di ricambio: si asciugò e si vestì: aveva bisogno di una doccia per rimuovere il gel dai capelli, ma l'avrebbe fatta una volta tornata a casa. Si diresse verso l'uscita della sala ma all'improvviso dovette appoggiarsi a una parete, la testa cominciò a girarle. In quell'attimo, un uomo con un camice bianco da cui si intravedeva un vestito elegante apparve proprio di fronte a lei con un bicchiere di caffè che gli cadde di mano per la sorpresa.

«Jane? Sei uscita dalla vasca... Ma come è potuto accadere? Stai bene?»

La donna, sconvolta dall'aver incontrato la stessa persona che aveva già visto sul volo 9941, quella che cercava di dirle qualcosa, avvertì un giramento di testa più forte e tutto le parve incredibilmente pesante, al punto da non avere le forze di opporsi, il mondo intorno a lei perse consistenza e si fece sempre più scuro fino a che cadde svenuta.

«Signora Keys?» La giovane hostess, con un bicchiere di champagne in mano le toccò la spalla. Jane Milton Keys si svegliò di soprassalto e quando mise a fuoco la persona che aveva a fianco, la sua espressione smarrita si specchiò nella professionale gentilezza della ragazza. Quasi le cadde dalle ginocchia il computer portatile su cui stava leggendo.

«*Signorina Indah?* Ma... io non la trovo più, pensavo che...*» Jane si guardò intorno: i passeggeri erano al loro posto, Rhonda Williams era lì dove l'aveva incontrata, dormiva profondamente, e così tutti i passeggeri che ricordava. Diede uno sguardo fuori dalla First Class: i passeggeri sembravano quelli della partenza: vide anche Michelle più avanti nel corridoio intenta alle sue mansioni.

La giovane continuava a sorriderle: «Ha fatto un brutto sogno?»

Alla scrittrice occorse qualche attimo per eliminare le tracce di stanchezza: la sorpresa di trovarsi ancora sull'aereo l'aiutò a tornare alla realtà: «Sì... Davvero un brutto sogno...»

«Va tutto bene, signora Keys, un bicchiere di champagne l'aiuterà a vedere tutto in una prospettiva più piacevole.»

La tranquilla gentilezza della hostess, e soprattutto il mondo che era tornato al suo posto le diedero la sicurezza di cui aveva bisogno, e insieme il sollievo di ritrovare la sua realtà.

Mentre sorseggiava lo champagne e osservava Rhonda russare, scosse la testa ripensando all'esperienza terribile che aveva vissuto: non riusciva a definirlo un incubo perché esso era perfettamente chiaro e limpido nei suoi ricordi, non aveva mai fatto un sogno così reale, ma, si disse, a volte succede. Sì, aveva solo fatto un bruttissimo sogno.

Con un certo timore piegò il monitor del notebook per leggere meglio e notò che la storia di Darius Kirby era quella che ricordava: senza alcuna variazione, senza testi che non aveva scritto lei. Sospirò e riuscì perfino a sorridere. Poi si alzò, nel bisogno di ritrovare le persone con cui aveva condiviso il sogno: vide con piacere il Signor Bernard, e altre persone che riconobbe, e camminando nel corridoio incontrò il professor Lee seduto al suo posto che leggeva.

Quando lo salutò lui le sorrise di rimando e scambiarono alcune frasi di circostanza, si erano evidentemente conosciuti durante il volo, lui leggeva un libro su Escher, Jane non ricordava questo particolare, che il libro fosse suo: aveva invece ben chiaro in mente come avesse incontrato Lee nell'altra esperienza e anche che il libro era di Andrew Assenza, il giovane che poi era sparito, come gli altri, nell'incubo. Probabilmente era ancora confusa, l'eco emotivo di fondo si irradiava ancora nella sua mente e lo percepiva con una sensazione quasi fisica nell'addome, qualcosa di fastidioso, una sorta di leggera nausea.

Ad ogni modo, tutto sembrava tornato come quando era partita: diede con un certo timore un'occhiata da un finestrino: si vedeva l'oceano, con le luci di alcuni pescherecci e natanti che passavano sotto di loro, e in alto le stelle. Nessuna traccia di quella strana pioggia gelatinosa. Era davvero troppo bello per essere vero: niente incubo, niente vasca, niente persone che scompaiono, Jane continuava a sentirsi perplessa, non sapeva nemmeno più cosa fosse vero e cosa non lo fosse e le fece bene esplorare l'intero aereo dalla First Class alla coda, tutto era normale, tutto come era sempre stato.

Si sentì pervasa da un intenso sollievo e fece un deciso sforzo per cancellare il pensiero molesto di un incubo che non voleva andarsene: altre volte, in altri periodi della sua vita, aveva dovuto lottare alacremente per riportare i pensieri alla logica realtà delle cose, le avevano insegnato a farlo e applicò semplicemente i metodi che conosceva, tornando poco a poco al suo stato normale.

Decise di tornare al suo posto ma sentì il deciso bisogno di chiacchierare un po' con qualche passeggero, le diede coraggio e una rinnovata energia: la sensazione di disagio che avvertiva stava dileguandosi, il suo umore era tornato ottimo e sorrideva sentendosi finalmente libera.

Incontrò di nuovo la madre di Jason e Vanessa, e si fermò con loro: le piacevano molto i bambini e percepiva una certa affinità verso quella famiglia. Si trattenne qualche minuto poi si avviò verso la First Class.

Trascorsero così un paio d'ore, l'equipaggio si prodigò per offrire il massimo confort e distribuire un'ottima cena che Jane gradì particolarmente: fu un po' come liberarsi del peso emotivo dell'incubo e pensò al suo premio, al Pulitzer che si era guadagnata con tanto impegno e costanza, un riconoscimento così importante la rendeva orgogliosa e si cullò mentalmente in quel pensiero così dolce, con un evidente sorriso sul volto.

Poi, quando le luci si abbassarono per permettere ai passeggeri di dormire, Jane si alzò per andare in bagno: decise di andare in quello in coda, era stanca ma per qualche motivo desiderava parlare un po' con il professor Lee, se fosse stato ancora sveglio. Forse aveva ulteriore bisogno di sicurezza.

Si avviò tranquilla lungo il corridoio, passò accanto al locale cucina senza provare sensazioni particolari, tutto sembrava tornato alla normalità, finché, sentendosi osservata, volse lo sguardo verso un punto preciso, e lo vide. Sentì il suo corpo attraversato da una scarica di adrenalina che si manifestò come una sferzata di brividi sulla pelle: l'uomo, sulla cinquantina, vestito in giacca e cravatta, la osservava con attenzione. Sembrava in qualche modo preoccupato; si alzò e le si avvicinò per parlarle.

«Signora Keys, mi scusi…»

«Lei! La smetta di darmi fastidio! Cosa vuole? Mi lasci in pace!» esclamò a bassa voce Jane per non farsi sentire dagli altri passeggeri.

«Desidero solo aiutarla, Jane. Lei ha… vissuto un'esperienza molto intensa, ma non tutto è reale, solo una piccola parte.»

«E lei che ne sa?»

L'uomo trasse un profondo sospiro, poi si guardò intorno: «Lei è tornata su questo aereo. Ha rivisto gli stessi passeggeri?»

«Mi scusi, io sono sempre stata su questo aereo, almeno da quando sono partita.»

«E nota gli stessi passeggeri?»

«Certo.»

«*Ne è sicura?*»

Jane sentì di nuovo l'angoscia crescerle dentro, mentre rivolgeva lo sguardo verso i sedili. Notò che una buona parte mancava.

«*No! Mio Dio! Ma che succede? Era solo un sogno…*» Le si riempirono gli occhi di lacrime mentre portava le mani al viso.

«Non è un sogno, Jane, è reale ma è una sua creazione.»

La scrittrice si allontanò velocemente, sentiva il panico trattenerla, bloccarla e più tentava di dileguarsi più esso la afferrava, finché riuscì a vincerlo e scappò verso la First Class.

Una hostess la fermò e con gentilezza le chiese: «Signora, si calmi, la prego. Che cosa è successo?»

«Non… non lo so…» Jane alzò lo sguardo mentre un pensiero che le causò un forte disagio le si materializzava davanti agli occhi: «Dov'è Indah?»

«Indah?»

«Sì, la giovane hostess di Bali, gentile, carina, di bassa statura, che mi ha portato lo champagne.»

La donna sorrise forzatamente: «Signora, non c'è sull'aereo una hostess di nome Indah.»

«Ma che sta dicendo? Le dico che mi ha appena portato lo champagne!»

«Signora… la prego si calmi… Sicuramente ci sarà stato un errore. Comunque se la può aiutare vado subito a controllare, non si preoccupi.»

«E Michelle? Michelle Rivera, l'altra sua collega di Washington...» Il silenzio della hostess e i suoi occhi pieni di apprensione diedero a Jane la risposta.

«Ma che sta succedendo? Io…» Jane si volse di nuovo verso la cabina e con orrore notò che buona parte dei passeggeri erano spariti.

«No! Non può accadere di nuovo…» disse con un filo di voce. Reagì d'istinto camminando velocemente verso il suo posto: mentre lo faceva osservava la pioggia densa e rosata spandersi sui finestrini dell'aereo: i monitor non mostravano più la rotta ma solo uno spazio vuoto: lo confermò fermandosi e osservando il nulla totale con bagliori lontani. Né mare né stelle. Solo il nulla.

«Jane... la prego...» La voce dell'uomo che nel frattempo l'aveva raggiunta era calma ma preoccupata. «*Ti prego*, tu sai che tutto questo non è reale. Cerca dentro di te, non nasconderti, affronta per questa volta la realtà.»

«Perché dice queste cose? E come fa a saperlo?»

«Lo so perché sono il tuo compagno da tempo. E anche lo specialista che ti segue nel percorso di riabilitazione. Jane, la tua fantasia ha creato un nuovo universo, una vera e propria fiction, e tu stai vivendo in quello che può definirsi un multiverso. La tua mente crea autonomamente la tua realtà, ma non è vero, è come un sogno.»

«Non... non è possibile, questo aereo è reale, le persone con cui ho parlato esistevano.»

«E dove sono adesso?»

Jane si guardò intorno: ora la maggioranza dei passeggeri non c'era più. Per qualche motivo corse verso la mamma dei due bambini, come se Jason e Vanessa potessero darle un qualche conforto. Ma erano scomparsi anche loro.

Scoppiò in un pianto isterico, che terminò pochi attimi dopo: era la rabbia, la disperazione, la frustrazione per l'impossibilità di comprendere. Poi si asciugò gli occhi: «Non so cosa diavolo stia accadendo, ma non voglio crederle, non voglio credere nemmeno a una parola di quanto ha detto. E non mi dia del tu, io non la conosco.»

L'uomo la fissò negli occhi.

«*Davvero?*»

Jane sapeva che c'era qualcosa che la legava a quell'uomo, qualcosa di intenso, dal primo momento in cui lo aveva visto percepiva quella strana sensazione di familiarità. Ma non voleva in alcun modo ammettere che potesse aver ragione.

«Jane, questo aereo vola sul nulla. Questo perché sei perduta in un mondo che non è reale. Devi uscirne al più presto. Ti prego, Jane.»

«Io so di essere reale. Come lei.»

«Tu sei reale, come me, ma non lo sei veramente qui. Questo è un simulacro. Io esisto, ma non qui. Tu vivi e lavori in un'altra realtà. Ti sei chiesta perché, in questa situazione così anomala, la gente scompare?»

«Certo che me lo sono chiesta, me lo sto chiedendo da quando ho visto scomparire il primo passeggero.»

«Non esiste un motivo esterno. Sei tu la causa. La gente scompare perché le persone che ami e che hai amato le hai allontanate per rinchiuderti in un mondo illusorio. La gente che vedi qui svanisce man mano che ti avvicini alla vera realtà.»

«Lei è completamente pazzo! Mi lasci in pace!» Jane camminò velocemente verso il suo posto con lo sguardo fisso in avanti e mentre si sedeva colse l'assenza di Rhonda Williams e, girandosi, di tutti gli altri passeggeri della First Class. Era sola.

Ebbe un sussulto e chiuse gli occhi stringendo i pugni: «No. Non può essere. Devo usare la logica. Devo respirare profondamente e calmarmi e trovare una soluzione. Non voglio che accada di nuovo.» Jane tornò con la mente alla clinica del Buckinghamshire dove le avevano insegnato ad uscire dai loop emotivi che all'epoca le facevano perdere il controllo. Ricordò gli insegnamenti e riacquisì la sua lucidità, o almeno se ne convinse.

La porta della cabina di pilotaggio era socchiusa e filtrava un chiarore dovuto alle luci artificiali: Jane, in preda a una forte emozione che comunque ancora controllava, si alzò piano e si avvicinò alla porta aprendola. Quello che vide le fece tremare le gambe: nessuno era alla guida dell'aereo, non c'era nessuno in cabina.

«Oh, mio Dio! No, non deve accadere di nuovo...» Poi ebbe un pensiero illuminante e stava per correre verso il prof Jeremy Lee quando l'uomo le sbarrò la strada, con forza mediata da una certa gentilezza, una gentilezza professionale: «Jane, la cabina di guida vuota ti sta dicendo che in questo momento la tua vita non ha una direzione, non sei tu alla guida.»

«Le ho detto di lasciarmi in pace! Non ho idea del motivo, ma ci deve essere una ragione» disse la donna osservando l'interno dell'aereo vuoto «e la troverò.» Questa nuova decisione, questa forza di carattere le era in parte estranea, aveva sempre subìto le sue stesse debolezze psicologiche ma aveva da qualche tempo cominciato a reagire. E l'esperienza che aveva vissuto prima con Kirby, Michelle e Lee le aveva dato qualcosa in più.

Il suo interlocutore fu sorpreso da questa insolita presa di posizione e la lasciò passare. Jane non lo degnò di uno sguardo ma quando passò a fianco della mamma di Jason e Vanessa non vide nessuno: si stupì della forte reazione emotiva nei confronti di una famiglia che aveva incontrato per la prima volta. Rimase così, in piedi, chiedendosi il perché.

«Non è normale in effetti che tu provi tanto attaccamento per queste persone. Ma c'è un motivo ben preciso» le disse l'uomo che nel frattempo l'aveva raggiunta.

«Cosa intende dire?» Jane sapeva che non le sarebbe piaciuto affatto quello che stava per sentire.

L'uomo fece una pausa come per prendersi il tempo per spiegare qualcosa di particolarmente penoso. Poi continuò: «La signora con i bambini sei tu. Tu avevi due bellissimi bambini, ma è accaduto qualcosa. Qualcosa di terribile che te li ha portati via. E alla fine hai negato ogni condizione legata ad essi».

La scrittrice non credette a una parola, ma decise di volerne sapere di più.

«Cosa è accaduto?»

«È meglio che tu non lo sappia.»

«Me lo dica, maledizione!»

«Jane…»

«*Maledetto bastardo, mi dica cosa è accaduto ai miei figli!*» Jane sapeva di non averne mai avuti ma qualcosa dentro le suggeriva che le cose non stavano del tutto così. Inoltre nutriva un forte risentimento verso quella persona, qualcosa legato a un dolore antico, lontano: non comprendeva il motivo, eppure quel rancore intenso permeava ogni parola che scambiava con lui.

«*Li hai uccisi tu.*»

Jane avvertì il peso di quelle parole come un pugno in pieno volto.

«Li hai uccisi tu provocando un incidente stradale mentre guidavi, digitando un messaggio sul tuo smartphone. Sei finita nella corsia opposta, sei riuscita ad accorgertene e hai sterzato all'ultimo momento esponendo i bambini al camion che arrivava davanti a loro. Sono morti sul colpo, solo tu ti sei salvata. Questo è accaduto un anno fa e da allora tu sei in cura specialistica. Sei stata a lungo in un ospedale psichiatrico nel Buckinghamshire ma alla fine il giudice si mostrò clemente e ti affidò alle mie cure. Ora stiamo tentando di farti uscire da questa situazione con un trattamento sperimentale all'università presso cui lavoro.»

«I miei bambini... Io non ricordo nulla di loro.»

«Però sentivi verso Jason e Vanessa una forte familiarità, come nel mio caso.»

Jane non disse nulla. «Loro sono la manifestazione del tuo desiderio di una famiglia, della stabilità della casa che non hai mai avuto, o meglio che hai avuto fino all'incidente. Il fatto che li hai ricreati qui significa che la tua mente sta cercando di offrirti immagini false, che per te sono reali, che in qualche modo leniscano il tuo dolore. Ma è un circolo vizioso, non riesci più ad uscirne. Ti porterà alla follia. Ti prego, dammi ascolto, Jane!»

La scrittrice fuggì in preda al panico verso il professor Lee; lo raggiunse in pochi metri ma lui, come tutti gli altri passeggeri, non c'era più. Jane fissò il sedile vuoto sentendo vacillare l'ultima fonte di sostegno. Chiamò Michelle gridando il suo nome più volte tra le lacrime, ma nessuno poteva rispondere.

L'uomo le mise una mano sulla spalla e Jane si ritrasse con un urlo: era piena di rabbia, di rancore, ma la paura era l'emozione più intensa e superiore ad ogni altra.

Lui le parlò nel modo più dolce che poteva; la sua voce era rotta dalla pietà. «Il signor Lee è la manifestazione del disperato bisogno di una logica e una motivazione ragionevole alla tua situazione, ma non c'è spiegazione oltre a quello che ti sto dicendo. Michelle Rivera è il tuo bisogno di una amica, una persona vicino che condivida le tue emozioni e ti aiuti. Io sono quell'amico, e visto che i passeggeri sono scomparsi sono l'unica persona reale qui.»

Jane non lo voleva guardare in viso e indicò con un cenno del capo il finestrino.

«E quelle strane gocce, come gel rosa, sui finestrini?»

«Devi renderti conto di persona per capirlo. Devi entrare nella stiva, Jane. E aprire quel contenitore.»

«No! Ma cosa dice? È una bara!»

«Non è una bara. Devi vincere le tue paure, andare nella stiva e aprire quel contenitore. La risposta che cerchi è lì. Tu non sei qui, Jane. Non sei realmente su questo aereo. Sei in un altro luogo, ma non vuoi guardare in faccia la realtà. Questa è un'illusione.»

Jane non voleva, ma in effetti era incerta, forse avrebbe dovuto fare quello che lui le suggeriva: si alzò e si avviò verso il locale cucina. Tentennò di fronte alla porta.

«Devi farlo, Jane, o non uscirai più da questo incubo.»

La scrittrice abbassò la testa. Cercò di nuovo di riprendere la sua lucidità. Poteva anche essere come diceva quell'uomo, ma se fosse stato realmente il suo compagno, rifletté, avrebbe provato un qualche sentimento di affetto e invece sentiva solo una forte rabbia verso di lui. Lo odiava, e ne aveva paura, ma non aveva idea del motivo. E poi era davvero il suo uomo? Comunque non c'era molto altro da fare: aprì la porta e vide il locale cucina esattamente come lo conosceva.

«Brava, Jane, continua, questa è la strada giusta per uscire da quest'incubo e tornare alla realtà.»

Incalzata dai continui suggerimenti, si recò con una certa apprensione verso il punto in cui sapeva esservi il vano con la porta che conduceva al tunnel e trovò l'ascensore; vi entrò mentre rifletteva sul fatto che l'uomo la stava guidando suggerendo in modo sempre più veloce le cose da fare.

Questo modo di fare la disturbava, sembrava che volesse toglierle la possibilità di reagire a suo modo: la sua spiegazione sembrava tutto sommato logica, ma lei non si sentiva per nulla convinta, anzi la sua perplessità era sempre più forte man mano che proseguiva dandogli ascolto.

Tremante, esitò a premere sulla freccia verso il basso: la voce dell'uomo era sempre più insistente nel ritmo, calma, suadente ma incalzante.

«*Devi farlo*, Jane, per il tuo bene. *Devi farlo*, premi quel pulsante, scendi in cantina, devi uscire da questo incubo. *Devi farlo*, Jane, premi quel pulsante, non lasciare che per l'ennesima volta il tuo incubo prenda il sopravvento. *Devi farlo*, premi quel pulsante.»

Jane stava per ottemperare, con le dita che quasi sfioravano la pulsantiera dell'ascensore quando le venne in mente tutto quello che aveva imparato sugli eventi di sincronicità dall'esperienza precedente, da quel viaggio nel multiverso che sapeva molto di metafisica. Ricordò il modo in cui il professor Lee interpretava la realtà assurda che gli stava intorno, ricordò il libro di Escher, il racconto che si scriveva da solo e tutti i dettagli che si incasellarono perfettamente in un nuovo paradosso: il nostro destino in un mondo molto più vasto di quello che pensiamo, che va ben al di là delle cure e degli affanni quotidiani, può essere compreso se si fa un passo oltre la soglia e ci si sporge su un piano di osservazione molto più elevato. Ci sono cose che ci accadono che si possono anche definire coincidenze, e possono sembrare tali con una spiegazione apparentemente logica molto semplice, ma ci sono coincidenze acausali, che sono una sorta di segnale di un contatto tra più universi completamente differenti. E quel punto di unione può essere la strada per tornare alla propria realtà, perché, come asseriva Jung, esso è la via di comunicazione tra i due universi.

Jane ebbe una sorta di illuminazione, proprio un momento prima che la sua mente fosse vinta dal panico e dalla tensione nervosa: si volse indietro e stava per uscire dall'ascensore mentre la voce dell'uomo si fece sempre più forte incitandola a scendere verso il piano inferiore.

Ricevette allora una immagine mentale, rivide la grande piramide, le sue enormi stanze interne e rivide il labirinto: in qualche modo, applicare la visione multilivello di Lee le fece ottenere una chiave di lettura molto superiore della sua esperienza sull'aereo che si manifestò in una serie di velocissime immagini, come se rivedesse fotogramma dopo fotogramma tutto quello che era accaduto. Questo portò con sé il vero significato degli eventi: cominciò così ad astrarre il suo pensiero, ad elevarlo tenendo in considerazione la multiformità delle dimensioni dell'universo, che non si limitava esclusivamente a quello fisico in cui viviamo. Sentiva di essere in grado di farlo e che, al contrario, se avesse seguito i suggerimenti dell'uomo, che stavano mutando in veri e propri ordini, ne sarebbe stata soggiogata e sarebbe rimasta intrappolata per sempre in una ragnatela di illusioni indotte.

Capì in quel momento l'esperienza del labirinto ed il significato del modo in cui ne erano usciti: in ogni situazione, cambiando il punto di osservazione e acquisendone uno che tenga conto delle diverse dimensioni, è possibile uscire da un'impasse, da una strada chiusa, visualizzata nell'esperienza con il salire sulle pareti e contemplare il labirinto da una prospettiva più alta, per quanto alto e basso in quella dimensione particolare non avessero alcun legame con i significati usuali di questi vocaboli.

L'uomo tentò bruscamente di afferrarle la mano e farle premere il pulsante ma lei si ritrasse e scappò indietro: Jane si rese conto allora che lui voleva costringerla a scendere su piani sempre più bassi, mentre lei aveva imparato che per uscire dal labirinto doveva rimanere in alto: sentì che ciò che lui voleva era farla scendere a un livello di coscienza in cui la sua mente poteva essere manipolata. Jane decise di non subire questa violenza, compì una scelta decisa e tornò indietro, uscendo dalla cucina.

Acquisì in quel momento la piena consapevolezza di quanto era accaduto, di quello che sarebbe potuto accadere e di quello che sarebbe accaduto. In quell'attimo in cui aveva deciso di vedere le cose da una prospettiva diversa aveva capito le parole di Lee riguardanti la realtà della fisica quantistica applicata alla Sincronicità: ora capiva che di fronte a un bivio o più strade tutto rimane indefinito e possibile, ma è solo quando facciamo scelte precise e ponderate, che tengano conto di situazioni molto più grandi di quelle personali, è solo allora che decidiamo il nostro destino, e lei aveva scelto.

«Chi sei tu?» chiese Jane.

L'uomo arretrò e non disse una parola.

«Chi sei tu? Perché cerchi di farmi del male?»

Lui le ripeté per l'ennesima volta che era preda delle sue illusioni e che se voleva che quell'incubo finisse doveva scendere nell'ascensore e farsi guidare.

Jane era fortemente provata ma ricordò che nel concetto di Sincronicità era possibile generare una via d'uscita proprio dal contatto tra universi differenti e decise di considerare quella situazione un evento di sincronicità: scelse di salire sulle pareti del labirinto, di osservare ogni cosa dall'alto e di decidere il proprio destino prendendo una posizione definita tra le tante scelte possibili. In quel momento ebbe la consapevolezza che Rhonda Williams, Michelle e le altre persone che aveva incontrato sull'aereo, tutte avevano evidenziato elementi comuni alla vita personale, aspetti di sé, del suo carattere, di ciò che avrebbe desiderato essere o che era stata. Non erano reali, o meglio lo erano ed esistevano in quella particolare dimensione ma erano la proiezione di parti della sua stessa personalità.

Ma allora... aveva ragione quell'uomo? Era tutto frutto della sua immaginazione, quel volo misterioso, gli eventi fuori dal comune, quelle persone?

Il caos, il dubbio, le domande irrisolte lasciarono spazio a una nuova determinazione: ora percepiva la mente lucida e i pensieri nitidi e a fuoco, e di nuovo compì un forte sforzo cosciente per applicare l'insegnamento tratto dall'esperienza con Lee, Kirby e Michelle e tutto per un attimo si riempì di luce accecante, come in quell'ambiente che aveva visitato dopo il labirinto.

Un intenso sibilo si diffuse trasformandosi subito dopo in un terribile boato che squassò l'aereo: Jane vide enormi crepe rincorrersi sulle pareti dell'aereo che squarciarono la fusoliera.

L'uomo di fronte a lei fu proiettato all'esterno per primo.

«No!» urlò mentre osservava l'aereo andare in pezzi: pannello dopo pannello, come in un'esplosione graduale e controllata, i sedili venivano ingoiati dal vuoto esterno, sezioni intere del velivolo si frantumavano lasciando intravedere ciò che c'era fuori, non più un oscuro nulla ma una luce intensa, diffusa.

Cap. 11
IMPATTO EMOTIVO

King's Centre for Military Health Research
Area di sicurezza, Istituto di Psichiatria e Neuroscienze
Cutcombe Road, Londra
18 dicembre
Ore 13:10

I suoi occhi si aprirono nello studio dell'università di Londra dedicato alla ricerca psichiatrica: lo ricordava bene, si era svegliata già una prima volta in quell'ambiente ed ora era di nuovo lì. La mente, stranamente, era lucida esattamente come un attimo prima nell'aereo che era stato fatto a pezzi: si tolse il fastidioso respiratore dalla bocca e le cuffie auricolari che mormoravano qualcosa che non capiva, e si pulì il viso con le mani, emergendo dalla vasca di fluido denso e rosa. Scese dalla vasca e notò a fianco l'asciugamano su una sedia lì vicino con cui si ripulì il corpo e la tuta aderente che indossava.

Nella stanza accanto, l'uomo al computer sbiancò in viso: si alzò di scatto e corse verso la donna che si stava riprendendo velocemente.

«*Jane! È accaduto di nuovo... Ma come è possibile?*» pensò tra sé.

«Lei!?» esclamò la scrittrice. «Ma era solo frutto della mia immaginazione nel sogno...»

«No, Jane, io sono l'unica cosa reale di quell'esperienza. È un po' complicato ma se ti calmi e ti siedi un momento cercherò di spiegarti.»

Jane non si fidava di quella persona: sentiva che c'era qualcosa in lui che non andava; eppure la sua voce, i suoi modi così gentili e suadenti... non sembrava all'apparenza pericoloso. E sentiva di avere bisogno di una persona comprensiva che la aiutasse.

«Ti prego, siediti» la invitò prendendole con delicatezza la mano.

«Lei mi dà del tu ma io non la conosco...» disse la donna che stava velocemente riacquistando lucidità.

Si sedette sul divano e decise di ascoltarlo: lui le raccontò una storia assurda, che non riconosceva come sua ma era talmente confusa da poter accogliere anche una risposta molto differente da quanto si poteva aspettare.

«Jane, sei stata in cura per molto tempo, anni addietro, in una clinica del Buckinghamshire; era come se ti fossi smarrita in un bosco, avevi perso i punti di riferimento e ti stavi chiudendo in un mondo che non è quello reale, ma solo un parto della tua fantasia. Ne sei uscita dopo molti mesi, più forte. Poi la tua vita è andata avanti, hai avuto successo nel tuo lavoro, ti sei sposata, hai avuto due bellissimi bambini, Jason e Vanessa. Hai divorziato, un avvenimento per cui hai sofferto molto, e poco dopo la conclusione del tuo matrimonio è accaduto un terribile incidente: eri alla guida della tua auto, stavi leggendo un messaggio e hai cominciato a digitare una risposta; senza volerlo sei andata nella corsia opposta, hai sterzato all'ultimo momento e un camion ha distrutto la tua auto e con essa la vita dei tuoi figli. Tu sei sopravvissuta ma questo evento è stato troppo per te, ti sei sbarrata dentro un universo illusorio, costruito dalla tua mente così fertile. Hai cambiato il sogno in realtà e viceversa, come quando sull'aereo leggevi il tuo racconto su Darius Kirby e poi lo hai effettivamente incontrato. Non ne sei più uscita, e il giudice ha deciso di affidarti a me. Io sono Malcolm Woods e sono uno psichiatra. Il tuo psichiatra da anni. E da un po' di tempo siamo… Come dire… qualcosa di più che amici. Molto di più.»

Se poco prima Jane si sentiva perplessa, ora era completamente confusa: non ricordava nulla di quanto quell'uomo le stesse raccontando e tuttavia percepiva che c'era del vero, o meglio percepiva un legame affettivo con lui, come lo sentiva verso i due bambini che aveva incontrato sull'aereo. Non capiva più cosa fosse reale e cosa no, sentiva che la sua determinazione stava per cedere alle parole di Malcolm, così rassicuranti, nella profondità vellutata della sua voce. Poteva anche credergli, era un uomo che sapeva convincere, tuttavia aveva ormai acquisito consapevolezza di non aver esplorato invano quel mondo al di là del sogno e della realtà, con una piramide, un labirinto e strutture simboliche la cui geometria aveva significati che andavano molto oltre quelli che normalmente assegniamo loro. Aveva conosciuto persone come Lee che le avevano trasmesso una conoscenza unica: lei aveva fatto un passo oltre la soglia, giungendo alla porta del multiverso, le infinite realtà che esistono nel momento in cui si deve prendere una decisione cambiando il proprio destino e che mutano nel momento in cui si agisce.

C'era una risposta differente a quanto suggeriva quell'uomo; sarebbe stato facile ascoltarlo, anzi sentiva che doveva farlo, ma sentiva anche che poteva essere una trappola.

«Mio Dio, ma cosa devo fare?» rifletté in silenzio mentre lui continuava a parlarle in modo così calmo e pacato che per qualche attimo si lasciò dolcemente cullare al ritmo gentile di quelle parole che la stavano inducendo a un sonno artificiale. Le diceva che si sentiva stanca e doveva riposarsi, doveva riposarsi e si sentiva sempre più stanca, i suoi occhi erano pe-

santi, era giusto e naturale concedersi un momento di quiete.

Jane si stava lasciando andare, scivolando nell'oblio come aveva fatto molte altre volte, ma ormai aveva aperto un portale verso un mondo diverso, una dimensione attigua, o le mille possibili, e percepiva l'esperienza sul volo 9941 come un messaggio, una sorta di insegnamento pervenutole da un contatto tra la sua realtà e una diversa.

Si stava rilassando piacevolmente, abbandonandosi al ritmo della nenia di Malcolm, i suoi globi oculari si stavano volgendo all'indietro ed era prossima a perdere i sensi quando con un intenso sforzo di volontà spostò lo sguardo verso la saletta attigua dove si trovava il computer ed istantaneamente ricordò tutto quello che vi aveva letto all'insaputa di Woods. Non aveva idea di quanto tempo fosse passato da quel momento ma ricordava ogni parola poiché l'emozione intensa che aveva provato, la rabbia, il risentimento, insieme all'incredulità, avevano stampato indelebilmente nella sua mente quelle informazioni. Ora ogni cosa divenne chiara e assunse le forme della realtà, della sua realtà, quella in cui aveva sempre vissuto e che conosceva bene che tuttavia era stata in qualche modo distorta, e poi integrata da quello strano mondo in cui aveva imparato a camminare sulle pareti del labirinto.

Questo la ridestò di colpo e la fece ritrarre dalle braccia dello psichiatra, ormai già sicuro del risultato della sua tecnica affinata in anni di pratica; si alzò in piedi di scatto allontanandosi da lui.

«Lei è un criminale, professor Woods. Lei sta tentando da tempo di indurre ricordi fittizi nella mia mente per farmi precipitare nella pazzia, dissociando completamente la mia personalità e poi uccidermi.»

«Ma cosa dici, Jane? Sono io, Malcolm, l'uomo che ami e che si è preso cura di te in questi anni... Non puoi avere dimenticato.»

«No, non ho dimenticato di essere ricaduta nelle mie difficoltà emotive e che lei mi ha aiutato, ma io non ho ucciso i miei figli, io non ho mai avuto bambini. Anche se mi sarebbe tanto piaciuto averne. Lei sta cercando di ingannarmi per arrivare al mio patrimonio sposandomi per poi indurmi al suicidio. So tutto, professor Woods. Ho letto il materiale classificato sul suo computer a proposito del progetto che sta seguendo per conto del Ministero della Difesa con quel farmaco sperimentale, e ho letto le sue email con la dottoressa Cecile non-so-quale-sia-il-cognome. Lei e la sua Cecile avete creato proprio un bel piano, potrei perfino utilizzarlo per un romanzo. Ha creato per me una dettagliata fantasia artificiale con un volo per New York, quelle persone, quegli ambienti così strani, come una storia ai confini della realtà, per indurmi a cedere, facendo crollare la mia mente razionale.»

«Jane, io non ho creato nulla, è stata la tua mente a generare quella fantasia, come la sta generando ora. Io ho solo cercato di aiutarti a tornare nel mondo reale.»

«Lei è un maledetto criminale, ma la porterò in tribunale, la farò marcire in galera, pagherà per quello che ha fatto!» La voce rabbiosa della scrittrice era divenuta aggressiva: avrebbe certamente messo in pratica la sua minaccia e questo il professor Woods, uno dei più stimati ricercatori inglesi, non poteva permetterlo.

«Va bene, Jane, adesso stai esagerando, torna in te, e alla svelta, stai dicendo un cumulo di sciocchezze, e lo sai. Sai che nulla di tutto quello che hai detto è reale. *Io sono tuo ami-*

co.» La voce di Malcolm Woods si stava allontanando dai toni gentili e amorevoli di sempre, per rivelare la sua vera natura, fredda, calcolatrice, criminale.

«Vada all'inferno! Quando mi sono risvegliata nella vasca la prima volta e ho letto le sue email, le ho girate alla casella di posta del mio avvocato e ad altre sicure. Lei è in guai molto grossi e non ne uscirà più. *Sarà lei ad aver bisogno di una buona cura*» ribatté Jane che tentò di scappare subito rincorsa da Woods. Riuscì quasi a ghermirla ma lei riuscì a divincolarsi nonostante sentisse le forze scemare: aveva ancora nelle vene quel misterioso farmaco sperimentale e faticava a tenergli testa.

Woods la rincorse e riuscì ad afferrarla per un braccio; la strattonò e la schiaffeggiò con violenza ma scivolò sul gel colato sul pavimento vicino all'asciugamano e cadde rovinosamente trascinando la donna con sé. Lei riuscì ad alzarsi per prima e ad assestargli un calcio col calcagno in piena faccia sollevando la gamba e abbassandola di colpo.

L'uomo si portò le mani al viso arrossandole del sangue che scendeva copioso dal naso: il dolore alla schiena per la caduta era molto più forte di quello al viso. Pazzo di rabbia gli occorsero alcuni secondi per rialzarsi, un tempo che diede a Jane la possibilità di imboccare l'uscita. Corse con tutta l'energia che le rimaneva, e dopo un corto corridoio voltò l'angolo ma una porta a due ante con una pulsantiera digitale e un monitor di controllo le sbarrò la strada.

Woods era furioso, più ancora era preoccupato per le conseguenze legali di quella vicenda e non poteva permetterlo: andò verso un armadietto con serratura a impronta digitale e dopo aver posizionato l'indice sul sensore lo aprì, indossando i guanti di lattice per non lasciare impronte. Scelse una grossa siringa e la riempì del farmaco sperimentale. Prese anche la sua pistola con cui avrebbe simulato il suicidio del soggetto di cui avrebbe modificato il dossier, certificando l'aggravamento della malattia psicotica ormai definitivamente degenerata in una sindrome ossessiva e maniacale autodistruttiva. Con le sue conoscenze e la sua reputazione professionale, oltre all'assenza di testimoni, il processo si sarebbe concluso senza problemi, lei si era risvegliata dalla stasi indotta, aveva preso la pistola credendo di vivere un incubo e con questa si sarebbe uccisa. Si compiacque per un piano così velocemente concepito.

Jane tentava disperatamente di aprire la porta trasparente premendo i pulsanti che erano del tutto simili a quello dell'ascensore nella cucina dell'aereo e questo la fece cadere nel panico, urlava e piangeva e quando lo vide avvicinarsi con un sorriso quasi beffardo sulle labbra capì di trovarsi di nuovo dentro un labirinto senza alcuna possibilità di uscirne, di fronte a una parete che sbarrava la strada. Ma lì non c'era il Professor Lee a suggerirle una via di fuga, non poteva semplicemente salire sulle alte pareti e trovare la salvezza grazie a un punto di vista più elevato: qui, in quella che sembrava essere la vita reale, non c'era scampo.

Woods era ormai su di lei: le sue grida erano l'ultima cosa che le poche energie rimaste le permettevano di fare e tentò come ultima risorsa di visualizzare le macerie della parete del labirinto, come se una immagine potesse materialmente creare nella realtà la materia del sogno, o il sogno della materia. Ma la sua esperienza non era stata un sogno, si era convinta di aver vissuto realmente un evento di sincronicità, e il suo ultimo pensiero, prima che tutto divenisse il nulla oscuro in cui l'aereo del volo 9941 si muoveva, fu che poteva ancora applicare il concetto degli insegnamenti che aveva appreso in quella misteriosa esperienza.

Forse, rendendosi conto del contatto tra due universi completamente differenti ma in quel momento sincrono venuti a interagire, poteva realizzarsi come asserito da Jung e Pauli, una sorta di porta d'accesso. Forse la fisica quantistica le avrebbe aperto la via di fuga.

Ma lo psichiatra era ormai su di lei, le iniettò con violenza il farmaco nel collo e le prese la mano, costringendola ad impugnare la pistola e puntandogliela alla tempia.

Fu in quell'attimo, mentre lei cadeva, che il rumore dello sparo ravvicinato raggiunse il suo udito. Ma lei non si trovava già più lì.

Cap. 12
UNUS MUNDUS

Jane emerse da un incubo buio senza fine, aprendo con estrema lentezza gli occhi: non riusciva a vedere altro che una pioggia rosa che rigava un finestrino oltre cui un'oscurità senza fine sembrava manifestarsi. Percepiva un rumore di fondo, come se fossero i motori di un aereo, non riusciva a muoversi, nello stato di torpore in cui si trovava ogni cosa assumeva forme e toni molto lenti.

Riuscì ad aprire le palpebre e con fatica tentò di mettere a fuoco ciò che aveva intorno: vide delle persone che si muovevano, forse passeggeri, pensò. Tentò più volte ma dovette desistere e vinta dall'estrema stanchezza si addormentò.

Due ore più tardi aprì di nuovo gli occhi e questa volta riusciva a vedere nitidamente: si trovava in una camera di ospedale, c'era solo il suo letto; dal vetro della porta d'ingresso riusciva a scorgere un soldato armato di guardia alla sua camera e questo le diede un certo conforto.

«Cosa è successo? Cosa ci faccio qui?» riuscì a dire con voce molto bassa.

«Va tutto bene, signora Keys, ora va tutto bene. Stia tranquilla, ci sono io con lei» le rispose una voce calma e profonda che denotava autorità. L'uomo si avvicinò vedendo che Jane aveva difficoltà a girare la testa. Era un uomo sui 50 anni, molto ben portati; capelli brizzolati molto corti, un accenno di barba, dal portamento eretto e in buona forma fisica, poteva essere un militare addestrato e di grado elevato, viste le mostrine e i gradi bene in vista sulla camicia che lei non riusciva a focalizzare. Era un uomo di colore ma con la pelle piuttosto chiara.

«Sono Kyle Taylor, responsabile della sicurezza dell'area di ricerca militare della London University. Ho seguito dalle videocamere di sorveglianza che abbiamo appena installato quanto è accaduto nel laboratorio di Neuroscienze e Psichiatria, sono arrivato appena in tempo, ho sparato prima che il professor Woods la uccidesse. Quell'uomo era un folle, ha avuto la fine che si meritava. Come si sente?»

Jane chiuse gli occhi per riaprirli un attimo dopo: «Sono stordita, il professor Woods mi teneva sedata con un farmaco sperimentale, mi ha provocato delle visioni terribili, ho difficoltà a separare ciò che è reale dal sogno... per il resto mi sento abbastanza bene, ancora molto stanca.»

L'infermiera presente nella stanza, che Jane non aveva ancora notato, armeggiò con una flebo e iniettò un farmaco per aiutarla a uscire dallo stato di confusione. Le sorrise mentre spiegava: «Il medico che l'ha visitata dice che è fuori pericolo. La droga che ha in corpo era piuttosto forte, ci vorrà ancora qualche ora per smaltirla.» Poi guardò Taylor: «Non la faccia stancare. Arrivederci signora Keys» salutò con gentilezza uscendo dalla stanza.

Kyle Taylor era molto premuroso, le diede un deciso senso di sicurezza: «Ora è al sicuro, Jane, e presto tornerà a casa. Posso fare qualcosa per lei?»

La scrittrice ebbe bisogno di qualche secondo per riflettere su quanto era accaduto.

«Signor Taylor, lei ha ucciso Woods?»

«Sì. Appena in tempo.»

«Le sono grata per avermi salvato la vita.»

«È stato un piacere aiutarla. Mi dispiace che abbia dovuto subire un trattamento del genere, purtroppo Woods aveva cominciato solo una settimana fa i suoi esperimenti per conto dell'Esercito. Io supervisiono la sicurezza e il suo laboratorio, separato dal resto della struttura universitaria e sottoposto a stretto controllo, era ancora in allestimento, le telecamere e l'audio sono state installate solo ieri notte, lui non lo sapeva. Dolente per non essermi potuto rendere conto prima di quello che il professor Woods le stava facendo.»

Jane ricordò quanto aveva letto al computer dello psichiatra e percepì dei forti brividi sulle braccia e la schiena: «È stato orribile, non so come altro descriverlo. Lui mi aveva proposto una cura innovativa sperimentale per una mia problematica latente che era esplosa nell'ultimo anno. Ma quello che voleva fare era criminale.»

«Sì, ho letto il materiale relativo al progetto di cui si occupava e le email con la collega che parlano di lei. Il computer di Woods è stato requisito dalla sezione speciale dell'Esercito di cui faccio parte e tutto è passato all'autorità legale militare. Trattandosi di materiale classificato il caso ha seguito un iter molto speciale e veloce: il laboratorio è stato immediatamente smantellato e portato in un luogo sicuro deciso dal giudice militare. Quell'uomo, come suo medico, l'avrebbe indotta a fare cose contro la sua volontà inducendole la pazzia, uno stato di confusione mentale totale e la conseguente necessità di affidarsi totalmente a lui. Le avrebbe fatto fare qualunque cosa avesse voluto. Aveva i mezzi per farlo.»

«Sì, mi sono svegliata durante la terapia e sono uscita dalla vasca mentre Woods era andato a prendersi un caffè: sono riuscita a leggere la maggioranza delle informazioni relative al progetto... e anche quelle email...»

Jane ricordava ora con precisione ogni dettaglio: era una scrittrice famosa, ma aveva sempre tenuto un profilo poco evidente, apparendo pubblicamente solo in poche selezionate occasioni e questo aveva giocato a favore di Malcolm Woods. Sulla stampa non filtrava praticamente nulla della sua vita privata perché così lei aveva voluto, anzi una agenzia di comunicazione specializzata che Jane aveva selezionato insieme al suo editore vigilava affinché la sua vita fosse protetta dall'assalto di giornalisti e paparazzi cancellando e limitando ogni notizia non desiderata: i suoi libri vendevano molto ugualmente, e considerato che altri VIP e artisti operavano nello stesso modo la cosa non aveva destato alcun interesse. Quando aveva cercato il supporto di un bravo specialista le era stato consigliato uno dei migliori psichiatri di Londra: Jane si rivolse a Woods per vincere definitivamente le sue tendenze a rinchiudersi in un mondo illusorio che stavano assumendo i toni di una vera e propria psicosi maniacale. Si trattava di crisi ricorrenti che stavano aumentando e per cui aveva bisogno di aiuto: non riusciva più a farvi fronte da sola.

Ma lui non era esattamente ciò che i diplomi nel suo studio indicavano: aveva anche un'altra personalità, che normalmente teneva a bada, e che lo spingeva a frequentare i casinò più importanti d'Europa. La sua professione glielo permetteva, ma il vizio del gioco lo stava portando sul lastrico. Pur sapendo come aiutare altri non riusciva ad aiutare sé stesso:

certamente aveva bisogno di un sostegno specialistico anche lui, ma non se ne dava alcun pensiero, ingannato dalla falsa sensazione di sicurezza donatagli dai suoi successi professionali. Non è insolito. Chiunque lavori in ambito psicologico ogni tanto deve ricorrere ad un collega, anche semplicemente per disintossicarsi dalle tensioni indotte da una professione così particolare che portava ad assorbire problematiche anche gravi dei propri pazienti.

Quando il direttore della sezione Psichiatria e Neuroscienze del King's College di Londra gli propose di collaborare a un progetto segreto per l'Esercito di Sua Maestà accettò subito: ciò avrebbe portato molto avanti la sua carriera ed era ottimamente remunerato, almeno avrebbe potuto pagare parte dei debiti. Poi, quando gli capitò di conoscere Jane Milton Keys, escogitò il metodo definitivo per uscire dai suoi problemi. L'avrebbe indotta in uno stato simile all'ipnosi profonda in cui la mente diveniva come uno schermo su cui Woods poteva proiettare qualunque cosa, e al risveglio per il paziente sarebbe stato impossibile discernere un ricordo indotto da uno reale. Il farmaco era preparato dalla Sun Chemicals Co., una grande azienda farmaceutica giapponese che testava le sue droghe in collaborazione con USA e Regno Unito: esso era in grado di stimolare non solo le aree cerebrali deputate al ricordo ma anche quelle responsabili dei sentimenti: era quindi possibile fissare ricordi indotti con i relativi sentimenti, positivi o negativi. Secondo il materiale presente nel computer dello psichiatra esso serviva a rendere particolarmente affidabili delle spie inconsce del loro ruolo, soldati perfetti che non avrebbero nemmeno mai saputo di esserlo e di conseguenza non avrebbero potuto raccontare nulla se arrestate. Il farmaco sperimentale permetteva l'induzione di pensieri e sentimenti con lo scopo di creare compartimenti mentali anomali e separati, ovvero personalità multiple dissociate che reagivano a comandi precisi senza titubanze, parole-trigger che portavano a compiere azioni senza alcun rimorso, dubbio o domanda.

Kyle la guardò con un sentimento evidente in quegli occhi di ghiaccio: era chiaro che non aveva alcun rimorso per aver ucciso un criminale, aveva salvato un'innocente dalla morte. Pensando a quello che doveva aver subito, però, il suo sguardo si intenerì.

«Jane, stia tranquilla, la psichiatra collega di Woods è stata immediatamente arrestata. Ho letto anche io le email, lì c'era tutto, lui aveva una relazione con questa dottoressa, e insieme avevano concepito un piano diabolico: il professor Woods avrebbe indotto la ricca scrittrice a innamorarsi del suo dottore, si sarebbero sposati e poi l'avrebbe spinta al suicidio. In questo modo tutto il suo patrimonio sarebbe rimasto a quel criminale che se lo sarebbe goduto con l'amichetta. Ma adesso è tutto finito, lei è già in carcere e ci rimarrà per molti anni.»

«Grazie, Kyle. Davvero. Mi ha ridato la vita. In tutti i sensi.»

Lui le fece un cenno con la testa e sorrise: «Tornerò a trovarla presto, adesso è meglio che la lasci riposare.»

«Grazie, mi farà piacere rivederla.» Rispose Jane mentre il dottore e l'infermiera entravano per controllare le sue condizioni.

Il militare uscì salutando il collega di guardia mentre il dottore, con un badge identificativo che attestava il grado di tenente colonnello, si prese cura della nuova paziente.

«Come sta, signora Keys?»

Lei lo guardò con gli occhi ancora gonfi: «Mi sento confusa, anche se molto sollevata che sia tutto finito. Dovrò rimanere qui per molto?»

«No, direi due, tre giorni al massimo, in cui rimarrà sotto osservazione; il necessario per accertarci che stia bene. Il farmaco che le è stato somministrato dal professor Woods se ne va dal corpo in poche ore per cui già domani mattina dovrebbe sentirsi molto meglio. Non c'è molto da fare se non raccomandarle tutto il riposo possibile. Se ha bisogno di qualcosa per dormire lo dica all'infermiera. Apra bene gli occhi...»

Il medico le osservò la reazione pupillare e le fece altre domande, dopodiché, soddisfatto, la salutò.

«Va tutto benissimo. Ci vediamo domani, signora Keys.»

Jane lo salutò e chiese una camomilla all'infermiera; si sentiva molto meglio, nonostante tutto, e aveva ripreso la sua normale lucidità. Prima di ogni cosa volle controllare il racconto di Darius Kirby sul suo notebook e con sollievo lesse solo quello che ricordava, quello che aveva scritto lei: null'altro era apparso sul video. Questo le diede la prova finale che tutto era finito. La camomilla l'aiutò a rilassarsi e cadde in un sonno profondo, che la liberò definitivamente dalle ultime propaggini dell'incubo che aveva vissuto.

La mattina si svegliò piena di buonumore, solare, senza quell'ombra oscura che aveva contraddistinto le ultime settimane. Percepiva chiaramente una nuova energia nel corpo e nella mente, che sentiva finalmente libera; decise di fare una doccia e uscire dall'area di sicurezza per fare una passeggiata:

poteva andarsene in qualunque momento ma decise di rimanere per i giorni necessari alle visite mediche. Naturalmente essendo sotto la protezione dell'Esercito in questo periodo le fu detto che avrebbe sempre avuto una scorta discreta. Non le fu di peso, anzi, si sentiva più sicura, e decise di gustare una squisita colazione nel vicino pub.

«Buongiorno, signora Keys, mi hanno detto che l'avrei trovata qui.» La voce profonda del Tenente Colonnello Taylor la ridestò dai suoi pensieri.

«Kyle! Che piacere rivederla! La prego, si sieda con me. Ha già fatto colazione?»

«Sì ma nulla vieta di fare un altro break.» Kyle si sedette di fronte e ordinò un cappuccino con una fetta di torta di mele.

«Come si sente?» I suoi denti bianchissimi spiccavano sul viso scuro: aveva dei lineamenti delicati e modi raffinati, che Jane trovava gradevoli. Le piaceva osservare le persone, i tratti somatici, conoscere di più della loro storia e cultura di appartenenza e in breve si trovarono a raccontarsi i fatti salienti della loro vita. Ridevano e scherzavano, e a Kyle faceva piacere che Jane si sentisse così sollevata: il suo sorriso era accattivante; aveva letto il suo dossier, sapeva che aveva cinquant'anni, conosceva la sua storia, ma stare lì di fronte a lei, così radiosa e solare, gli provocò una piacevole emozione che non avvertiva da tanto tempo. Poco dopo si davano del tu e finita la colazione fecero una lunga camminata in mezzo al verde dei Victoria Embankment Gardens.

Taylor le raccontò dei suoi studi a Londra. Aveva frequentato un ottimo college grazie all'Esercito, dove aveva ricoperto ruoli importanti collaborando infine con i Servizi di Sicurezza. Jane era particolarmente curiosa della sua vita privata, e senza alcun problema le raccontò di essere uscito da una lunga storia diversi anni prima e – ma questo non glielo disse – a cinquantun anni non voleva più impegnarsi se non con la persona con cui avrebbe condiviso il resto della vita.

A Jane piacque quello che sentì: Kyle era fondamentalmente un uomo d'onore, dai modi gentili ma dalle forti convinzioni, un po' vecchio stampo, più o meno come lei. Parlarono molto, tanto Jane non aveva altro da fare, e Taylor si accorse che ogni tanto lei si guardava dietro le spalle, come cercando qualcosa.

«Va tutto bene?» le chiese.

Jane sorrise: «Sì, certo, cercavo la scorta. Hanno detto che avrei avuto una scorta discreta, ma non l'ho ancora notata.»

Kyle le sorrise di rimando: «È sempre stata con te. Sono io. Una scorta discreta? Mah, da quanto abbiamo riso e parlato non vorrei essere stato troppo invadente. Nel caso mi terrò a distanza.»

«Invadente? No, tutt'altro, anzi mi fa piacere parlare con te.» Lui annuì, mentre camminavano. Circa mezz'ora dopo, Taylor diede un'occhiata al suo orologio:

«È tempo di tornare, hai una visita specialistica tra poco.»

«Certo. Ci vedremo ancora?»

«Beh, sono la tua scorta per i prossimi giorni, oggi almeno fino alle 18:00. Poi smonto. Potremmo di nuovo fare colazione domani mattina verso le 09:30, dopo le analisi del sangue. Stesso pub?»

«Stesso pub» ammiccò Jane.

Lui la accompagnò al centro di ricerca del King's College e non la perse di vista per tutti i quattro giorni in cui rimase sotto osservazione. Poi fu dimessa, ma Jane non voleva perdere la possibilità di rivedere Kyle. Si vergognava un po' a chiedergli di nuovo di rivedersi, si sentiva come una ragazzina e alla sua età certe cose andavano prese molto alla lontana; ma in fondo con lui si sentiva libera e tranquilla di esprimersi, e in quei giorni si era creata una bella amicizia, almeno così le era parso. Poi ragionò che forse per lui era solo un dovere, che aveva svolto nel migliore dei modi, e forse lei aveva frainteso le sue attenzioni e le sue premure. Ma Kyle spazzò via ogni dubbio quando la salutò alle dimissioni dall'ospedale militare.

«Jane... pensi che potremmo rivederci? Potremmo pranzare insieme uno di questi giorni. Mi piacerebbe passare più tempo con te, conoscerci meglio.»

Lei rimase a bocca aperta: sapeva molto di lui, le aveva raccontato gran parte della sua vita, ma non si aspettava un suo interesse così deciso.

«Ma... sì, ne sarei felice. Quando?»

Lui le sorrise malizioso: «Domani alle 13:00? Offro io.»

Lei abbassò gli occhi, le ci volle un attimo a rispondere, più che altro per raccogliere le sue emozioni, piacevolmente stimolate: «Perché no?»

The Ocean Club
Paradise Island, Bahamas
Un anno dopo

Durante tutto quell'anno si erano frequentati, conosciuti meglio, avevano apprezzato profondamente la reciproca compagnia, la simpatia iniziale si era trasformata in una intensa attrazione piena di promesse sfociata in un amore profondo, ed ora erano lì a godersi la luna di miele a Paradise Island, su una spiaggia bianchissima circondata dall'azzurro di un cielo terso da nubi e dal profondo blu zaffiro dell'oceano.

Era stato un anno pieno di eventi interessanti: Kyle aveva limitato le missioni all'estero per stare vicino alla moglie, e infine aveva deciso di dedicarsi all'addestramento di agenti di sicurezza: aveva scoperto che insegnare gli piaceva ed era per lui motivo d'orgoglio formare personale di alto livello che avrebbe difeso il Regno Unito in vari paesi.

Jane Milton Keys aveva continuato la sua attività di scrittrice: aveva portato a termine il racconto di Darius Kirby con una trama completamente differente rispetto alla sua singolare e terrificante esperienza sul volo BA9941; era stato un modo di esorcizzare un incubo che era rimasto a tormentarla per molti mesi. Ne aveva discusso a lungo con Kyle, e questo l'aveva tranquillizzata. Infine il racconto era stato pubblicato sul suo sito come dono gratuito ai lettori; non guadagnarci sopra l'aveva in un certo senso liberata da un peso, come per far sapere a tutti che le cose non erano andate come nella sua esperienza, anche se in realtà questo lo sapevano solo lei e suo marito, ma andava benissimo così.

Mentre prendevano il sole sulla spiaggia osservavano per l'ultima volta le onde frangersi a pochi metri dall'ombrellone, sorseggiando un drink.

«Peccato tornare, è stata una luna di miele fantastica. Grazie tesoro» disse Kyle assestandole un bacio sulla guancia.

«Già. Per me potremmo anche rimanere, stabilirci qui.»

«Non è un'idea da scartare, ma ai Caraibi ci sono uragani piuttosto spesso e a te non piacciono le tempeste tropicali. Però, pensandoci bene, ci sono tanti altri posti bellissimi nel mondo. Intanto, approfitterò un'ultima volta di questo...» rispose Kyle togliendosi gli occhiali e correndo a gettarsi tra le onde placide per una nuotata tonificante sotto lo sguardo sorridente della moglie.

Poche ore dopo si imbarcarono sull'aereo di ritorno per Londra; erano felici, rilassati e pieni di progetti per i rispettivi lavori e la loro vita insieme, con una nuova casa da arredare, molte visite da Ikea da fare, e un futuro roseo davanti.

Cap. 13
VOLO BA9941

Londra
12 aprile

Erano trascorsi alcuni mesi: la nuova casa era ormai a posto, e tutto sembrava andare a gonfie vele. Kyle aveva cominciato ad appassionarsi alla scrittura; aveva stilato tempo addietro il manuale di addestramento per i Servizi di Sicurezza oltre ad altre pubblicazioni specifiche, e avere una scrittrice a fianco lo aveva stimolato a fare di più. Stava addirittura pensando di scrivere un romanzo di spionaggio, aveva diverse idee anche per uno scenario di guerra o di fantapolitica possibile. Con l'aiuto di Jane come editor, assistente, e in parte ghostwriter, e anche grazie alle sue conoscenze editoriali, avrebbe avuto sicuro successo: il grande pubblico è sempre avido di conoscere informazioni specialistiche che solo pochi addetti ai lavori conoscono in relazione alle tecniche di spionaggio e di gestione delle escalation, alcune cose non avrebbe naturalmente potuto menzionarle ma ce n'era più che abbastanza per interessare parecchi lettori.

Ne parlarono in particolare a cena una sera d'inverno mentre il focolare crepitava allegramente; certo, l'idea era intrigante, Kyle si chiedeva se sarebbe stato in grado di ideare una storia che funzionava, lui era uno specialista e aveva competenze notevoli, sapeva come funzionavano le cose in campo militare nello spionaggio e in politica estera, aveva più volte seguito come responsabile della sicurezza i summit e gli incontri in cui i ministri del Governo di Sua Maestà si confrontavano con i colleghi di altri paesi, ma organizzare gli elementi di una storia, renderla appetibile e soprattutto scrivere bene era qualcosa per cui ancora non si sentiva pronto. Fondamentalmente gli sembrava un campo completamente nuovo in cui muoversi senza aver consolidato le basi tecniche. Tra l'altro non scriveva affatto male, ma il suo era un modo di trasmettere informazioni, e doveva fare un salto di qualità cominciando a fare lo stesso con le emozioni. E qui entrava in gioco la moglie.

Jane, tra un boccone e un altro, gli spiegò la sua personale tecnica di scrittura: ogni autore aveva la sua e quindi era una metodica molto personale ma evidenziava comunque elementi utili: la prima cosa era l'idea vincente, e quella c'era. Poi si trattava di scrivere una sinossi, ovvero la trama in poche righe, e trattandosi di un genere particolare di ambiente militare era utile una lista dei personaggi e dei rispettivi gradi. Infine si sarebbe delineata la storia nel dettaglio graficamente realizzato come brani numerati in ordine cronologico con la successione degli eventi e le varie storie che si intersecavano tra loro, più o meno come in un film. Scriverla sarebbe stato solo l'ultimo passo: delinearla nei particolari era il test di ogni principiante.

Kyle ascoltava con attenzione mentre assimilava le informazioni: per Jane la cosa era semplice, anche se lei scriveva principalmente storie di amore e avventura ma al marito appariva molto più complesso.

Jane diede uno sguardo al suo notebook mentre sorseggiava il vino che rosseggiava nel calice: tutto ciò che era accaduto, dalla terapia criminale del professor Woods a quella terribile esperienza sul volo Heathrow - New York le sembrava ormai lontano, non solo un anno, ma secoli, ormai perduto nella nebbia di ricordi che voleva lasciare morire. Nelle ultime settimane, tuttavia, si era sorpresa a ripensare a quanto era accaduto, o forse a quello che aveva sognato, non aveva ancora capito bene: eppure gli insegnamenti profondi di Jeremy Lee erano rimasti nel suo substrato mnemonico, e nel suo cuore: più volte era tornata con il pensiero a Michelle,

Indah e anche a Darius, a come era stato conoscere di persona un protagonista di un suo romanzo. Molto più spesso pensava alle profonde implicazioni della Sincronicità che giungevano sino al concetto di Dio e aveva fatto anche diverse ricerche in merito. Non ne conosceva il motivo, semplicemente, ma ora che era trascorso abbastanza tempo sentiva il bisogno di rielaborare un incubo e trarne un insegnamento, anche soltanto sapere perché si era manifestato in quel modo.

Eppure lei non aveva mai saputo nulla di Escher, di fisica quantistica, conosceva qualcosa di Jung ma tutti gli elementi di quell'assurdo viaggio sul volo 9941 facevano parte di qualcosa di più profondo, e in quel momento le vennero in mente le parole di Jeremy Lee: «[…] *un po' come pinnacoli ghiacciati che emergono dal mare potrebbero apparire elementi singoli e si rivelano invece parte dello stesso iceberg quando si osservi più in profondità sotto la superficie dell'acqua.*»

Jane si stava sempre più convincendo che non fosse stato solo un sogno, ma che gli eventi di sincronicità avvenissero realmente, dal déjà-vu alle coincidenze acausali, e che per qualche ragione che non comprendeva fosse entrata in una di queste: si era come affacciata sulle infinite possibilità del multiverso, e ne aveva tratto un insegnamento, portandosi qualcosa di quella realtà nella sua realtà.

Non aveva idea di come tutto ciò si fosse originato, di come la mente avesse potuto generare un sogno che comprendeva elementi che lei non conosceva: inizialmente si era data una risposta semplicistica, forse il suo cervello aveva assorbito chissà da dove vari elementi che poi aveva mescolato assegnando loro valori simbolici, come accadeva spesso nel sogno. Forse aveva sentito qualcosa di fisica quantistica in un documentario oppure aveva letto notizie di essa da un libro o in rete, ma la realtà era che aveva ricevuto e assimilato un messaggio di cui percepiva la profonda importanza ma che rimaneva latente, in attesa di manifestarsi.

Forse era questo il motivo di quei pensieri nelle ultime settimane, forse quel qualcosa che le era rimasto dentro era come una porta aperta, un contatto con dimensioni differenti del multiverso, e la mente in questo poteva avere un accesso privilegiato. Essendo entrata nel multiverso, ora i due universi erano in contatto come in un anello di Moebius e prima o poi la via si sarebbe aperta poiché psiche e materia, le rispettive sfere di interesse di Jung e di Pauli, come entrambi asserivano, erano due universi solo apparentemente diversi. Ora Jane percepiva chiaramente che ogni scienza, credenza, religione, ogni uomo, ogni elemento fisico, dalla pietra all'oro a una stella, erano solo apparentemente dissimili e difformi. Aveva la netta sensazione, quasi una percezione fisica, che tutti gli atomi dell'universo e le loro aggregazioni, le idee, le astrazioni, fossero esattamente come il multiverso: universi solo apparentemente distinti, ma in realtà facenti parte della medesima stupefacente realtà, separata da una sottile membrana traslucida che permette di farsi una vaga idea di ciò che giace oltre, e a volte si penetra durante il sogno, varcandone la soglia.

Tutto, nella nuova percezione della realtà di Jane Milton Keys, era interconnesso da un *Entanglement* cosmico che influenzava ogni elemento, ogni universo, a qualunque distanza cosmica fosse in qualunque multiverso esistesse: lo spazio perdeva significato perché qui ogni cosa era tutto e il tutto era ogni cosa. La sua terapista a cui ogni tanto parlava di questi aspetti le aveva confermato che Jung aveva trovato chiare indicazioni dell'esistenza di una grandiosa biblioteca onirica di proprietà dell'intera umanità fatta di simboli, chiamata *Incon-*

scio Collettivo che connetteva la mente di ogni individuo in maniera simile a un immenso server.

Si era ormai convinta che quello che noi avvertiamo fosse una sorta di illusione dei sensi, e continuando la sua ricerca si era accorta che molti altri in secoli e millenni precedenti avevano avuto la medesima percezione, da Platone col mito della caverna, a Giovanni Scoto, Gerhard Dorn, Kant fino a Schopenhauer in età moderna, e infine Jung: fisica, filosofia, psichiatria nel profondo erano la stessa cosa. Schopenhauer aveva identificato nel "velo di Maya", il concetto che la vita sia sogno e il velo di Maya (l'illusione) impedisca di acquisire la vera essenza della realtà. In qualche modo lei aveva sollevato il velo, e aveva acquisito consapevolezza del multiverso ma nel modo necessariamente limitato in cui la sua mente, sulla base dei sensi che ricevevano le informazioni, lo potevano elaborare.

Jane si era soffermata più volte sulla possibilità che questo fosse uno dei modi di identificare Dio, ma era troppo vago, non le bastava: ne aveva discusso con Kyle, che era fondamentalmente un credente a modo suo, e aveva trovato affascinante quella spiegazione, specialmente l'ipotesi di come Dio ascoltasse le preghiere elaborata da Jeremy Lee. Jung stesso pensava che la Sincronicità agisse in modo molto simile alla Grazia divina. Kyle era rimasto colpito da come l'esperienza di Jane le avesse rivelato qualcosa che non sapeva, e si erano chiesti entrambi se in realtà questo non sapere fosse un ricordare una informazione latente che pensavano di non conoscere.

«Beh, tesoro, se quello che tu hai sperimentato è stato uno dei modi in cui Dio interagisce, prima o poi lo farà di nuovo. E troverai le risposte che cerchi» le aveva replicato qualche sera prima.

Era vero, e comunque non aveva altri riscontri, avrebbe atteso.

Si era anche accorta che il matrimonio le aveva fatto bene dal punto di vista psicologico, le aveva dato quella stabilità che non era mai riuscita a raggiungere da sola. Anche questo aspetto nelle ultime settimane aveva assunto alcuni toni diversi, come se i suoi orizzonti si fossero ampliati enormemente grazie all'esperienza sull'aereo Londra - New York: capiva che il suo stato di crisi, come le aveva spiegato quel suo professore molti anni prima, derivava dalla mancanza di una scelta precisa. *Crisis* significava scelta. Di fronte a un bivio o molte strade possibili non sappiamo bene cosa scegliere e siamo nel caos di molteplici domande, perché esistono infiniti futuri possibili sulla base di queste scelte. Ma come nel caso del gatto di Schrödinger, una volta fatta una scelta precisa, gli altri destini possibili e coesistenti in quel particolare stato spariscono, ci si inoltra su una via chiara, e lo stato di crisi sparisce. E anche qui materia e psiche si mescolavano al punto da trovare difficile dire dove terminava l'una e cominciava l'altra.

In definitiva ciò che la faceva stare bene era la consapevolezza ottenuta tramite l'esperienza sul volo 9941, che era lei la vera padrona del suo destino. Ma c'erano molte altre domande da porsi, risposte da trovare, riflessioni da fare, troppo per il momento, e quella sera voleva solo godersi la compagnia di Kyle e quel meraviglioso vino rosso accanto al focolare.

Decise di distogliere la mente da tutto questo e stava già accarezzando l'idea di cominciare subito a delineare la sinossi del libro del marito quando il suo telefono trillò con la suoneria speciale, quella che le piaceva di più perché di solito chi chiamava aveva buone notizie. Kyle le allungò lo smartphone.

«Pronto?»

«Ciao Jane, come stai?»

Era Lorna Brooks, la sua agente americana della Penguin Random House, che ormai era diventata una amica.

«Lorna! Che bello sentirti, bene, Kyle è qui con me, ti saluta. E tu, che mi dici?»

«Jane, ho una grande notizia. Sei stata scelta dalla giuria del Pulitzer a New York come candidata al premio per la sezione fiction.» Il suo stile comunicativo secco e diretto andava subito al sodo, come era normale per ogni agente.

Jane rimase senza parole. Ma non per la sorpresa.

«Beh? Non dici nulla? Hanno mandato il biglietto e un acconto spese, ti ho girato tutto, dovresti averli nella tua email.»

Jane fu assalita da un brivido. Come il sospetto che l'incubo che aveva vissuto durante la terapia del professor Woods fosse stato reale.

Si alzò, con lo smartphone a mezz'aria, e andò verso il notebook che aveva lasciato in pausa sul divano: aprì l'email e il documento pdf del biglietto senza dare nemmeno uno sguardo alla lettera che lo accompagnava.

Cliccò sull'icona del pdf ed esso si aprì a tutto campo: la fredda luce del video illuminò l'espressione allibita di Jane: le parole le morirono in gola e non riuscì a rispondere al telefono, mentre leggeva il testo con gli occhi lucidi:

British Airways - Volo BA9941 (LHR) London Heathrow - (JFK) New York

- FINE -

INDICE

Ringraziamenti

Per l'aiuto offerto nella realizzazione e stesura di quest'opera, insolita e profonda nelle sue implicazioni, desidero ringraziare con gratitudine mia moglie Alessandra, Ileana Caminiti, Paolo Galassini, Aaronne Colagrossi, Beatrice Valeriani (Editorpercaso https://www.facebook.com/Beaeditorpercaso/), Luca Tombetti.

Inoltre, in fase di seconda revisione, ho apprezzato molto l'aiuto di Antonella La Rosa, eccezionale editor e correttrice che si aggiunge con questo romanzo alla mia squadra di professionisti e amici.

Printed in Poland
by Amazon Fulfillment
Poland Sp. z o.o., Wrocław